正義の人びと

カミュ

Albert Camus, Les Justes

中村まり子 訳
解説　岩切正一郎
解説対談　篠井英介
中村まり子

藤原書店

Albert Camus

Les Justes

was presented at Théâtre Hébertot, Paris,
on December 15, 1949.

正義の人びと――目　次

正義の人びと

正義の人びと

五幕

一九〇五年二月、モスクワ。革命社会主義党に所属するテロリスト・グループは、ロシア皇帝の伯父であるセルゲイ大公（セルゲイ・アレクサンドロヴィッチ大公）を爆弾で襲撃する計画を立てた。この奇抜な状況の襲撃は、正義という名目に従って行なわれた。この芝居において、途方もないように見えるいくつかの状況はしかし、歴史上実際に起きた事である。だからと言って「正義の人びと」が歴史劇であるとは言いたくない。だが、全ての登場人物は実在の人物で、彼等は実際そのように行動した。私はただただ彼等が実在した、真実味のある者達であるようにしようと努めた。

実際私はこの芝居の主人公カリャーエフが実際の名前だという記録を持っている。私は彼に関して安逸なイメージで人物を創ってはいない。同様に、冷酷な任務を背負わされ、決して心が癒えることのなかった他の人物たちに対しても、敬意と称賛を持って描いた。彼らは実際、憎しみから発した類い稀な魂によって進歩していく。それはまるで耐えられない苦しみが、やがて心地よい方法論に変遷していくようなことである。そうであればなおさら思い起こさなくてはならないことは、彼等の不安や疑念、憤慨から起きた正義、厄介な同胞愛、並外れた努力、それらが殺人という行為を合意のもとに行なわせるということである。従ってそれは、我々の誠実さというものがどこにあるのかということが、この芝居をもって述べるべきことである。

アルベール・カミュ

おお吾が想い！　吾が命！

いや、命ではない、吾が恋の骸《むくろ》だ！

「ロミオとジュリエット」

第四幕・第五場　パリスの台詞
（福田恆存・訳）

「正義の人びと」の初演は一九四九年十二月十五日。
ジャック・エベルト主宰のエベルト劇場にて。
演　出　ポール・エトリイ
美術・衣裳　ドゥ・ロネイ

配　役

ドーラ・ドゥルボフ	マリア・カザレス
大公妃	ミッシェル・ラファイエ
イヴァン・カリャーエフ（ヤネク）	セルジュ・レジァーニ
ステパン・フェドロフ	ミッシェル・ブーケ
ボリス・アネンコフ	イヴ・ブランヴィル
アレクセイ・ヴォワノフ	ジャン・ポミエ
スクーラトフ	ポール・エトリイ
フォカ	モンコルビエ
看守	ルイ・ベルドゥー

〔訳註〕ボリス・アネンコフの実際の名前はボリス・サヴィンコフである。

アネンコフの名前はアルファベット表記では「ボリス」となっていますが、劇中では「ボリア」と呼ばれています。

第一幕

テロリスト達のアパートの部屋。朝。

沈黙の中で幕が上がる。ドーラとアネンコフがいる。じっとしている。
玄関の呼鈴が一度鳴る。アネンコフが何か言おうとしたドーラを制する。
呼鈴が続けざまに二度鳴り響く。

アネンコフ　奴だ。

アネンコフ、部屋を出て行く。ドーラはそのままじっと動かずに待つ。
アネンコフがステパンの肩を抱いて戻って来る。

アネンコフ　来たよ！　ほら、ステパンだ。

ドーラ、ステパンの処へ行き、その手を握る。

ドーラ　嬉しいわ、ステパン！

ステパン　やあ、ドーラ。
ドーラ　（彼を見つめて）もう三年ね。
ステパン　ああ、三年だ。君達に合流する途中で奴らに捕まった日から。
ドーラ　ええ。私達あなたを待っていたのよ。時が経ってもずっと心が苦しかったわ。私達、お互い顔を見合わせる勇気もなくなって。
アネンコフ　何度も住み家を変えなきゃならなかった。
ステパン　知ってる。
ドーラ　で、あっちではどうだったの？　ステパン。
ステパン　あっち？
ドーラ　牢獄？
ステパン　脱走したよ。
アネンコフ　そうだな。君がスイスにたどり着いたという情報を得た時は本当に嬉しかった。
ステパン　スイスもある意味では別の地獄さ、ボリア。
アネンコフ　何故？　少なくともあそこでは自由だろ。
ステパン　たった一人の人間でも抑圧された世界にいるうちは、自由というものだって牢獄さ。自分が自由の身であっても、ロシアと奴隷化されたロシア人民のことを思わない日はなかったよ。

沈黙。

アネンコフ 党が君をここへ送ってくれて、本当に嬉しいよ、ステパン。

ステパン 党はそうする必要があったんだ。俺は自分を抑えきれなかった。行動だ、とにかく行動しなくては……(アネンコフを見つめて)あいつを殺るんだろ、な?

アネンコフ もちろんだ。

ステパン 俺達であの冷血漢を殺してやる。君がリーダーだ、ボリア、君に従うよ。

アネンコフ そんな言い方するなよ、ステパン。僕達はみんな同志だ。

ステパン 規律は規律だ。俺はそれを牢獄で学んだんだ。革命社会党は規律を重んじる。規律に従って俺達は大公を殺し、圧政を倒すんだ。

ドーラ (ステパンの方へ行き)座って、ステパン。長旅で疲れてるでしょ。

ステパン 俺は疲れたことなんかないんだ。

沈黙。ドーラは座りに行く。

ステパン　準備は全て出来てるのか、ボリア？

アネンコフ　（口調を変えて）この一ト月、我々のうちの二人が大公の動静を探ってきた。ドーラは必要な道具を集めた。

ステパン　声明文は作ったのか？

アネンコフ　ああ。全てのロシア人はセルゲイ大公が革命社会党の行動隊によって爆弾で暗殺されたことを知るだろう、ロシア人民の解放を速めるためにな。宮廷もこの国が人民の手に戻る日まで、我々がテロを行使していくのをやめないことを思い知るんだ。そうさ、ステパン、そう、いよいよだ！　その時は目の前だ。

ステパン　俺は何をする？

アネンコフ　まずはドーラを手伝ってやってくれ。彼女と行動を共にしてたシュヴァイツァーの代わりだ。

ステパン　シュヴァイツァーは殺《や》られたのか？

アネンコフ　ああ。
ステパン　どんな風に？
ドーラ　事故よ。

ステパンはドーラを見る。ドーラは目をそらす。

ステパン　それから俺は何をすれば？
アネンコフ　今から考える。僕達の誰かに万一の事があった場合に備えてくれ、それと中央委員会との連絡を維持して欲しい。
ステパン　中央委員会のメンバーは？
アネンコフ　ヴォワノフとはスイスで会っただろ。あいつは若いが僕は信用してるんだ。あとヤネクは知らないと思う。
ステパン　ヤネク？
アネンコフ　カリャーエフだ。僕達はそいつのことを詩人て呼んでる。
ステパン　テロリストとしてはらしくないニックネームだな。
アネンコフ　（笑って）本人はそう思ってない。詩というものは革命的なんだそうだ。

ステパン　革命的なものは爆弾だけだ。（沈黙）ドーラ、俺は君の助けになるかな？
ドーラ　ええ。気を付けなきゃいけないのは、爆弾の信管を壊さないようにすることだけ。
ステパン　もし壊れたら？
ドーラ　シュヴァイツァーはそれで死んだのよ。（間）どうして笑うの、ステパン？
ステパン　え、俺、笑った？
ドーラ　ええ。
ステパン　時々あるんだ。（間。考えている様子）ドーラ、この部屋をふっ飛ばすには爆弾一個で充分かな？
ドーラ　無理ね。でも損害は与えられるわ。
ステパン　モスクワ全部をふっ飛ばすには何個必要だ？
アネンコフ　何だと！　何が言いたいんだ？
ステパン　別に。

呼鈴が鳴る。三人は聞き、そして待つ。呼鈴が今度は二度鳴る。アネンコフが出て行き、ヴォワノフを連れて戻って来る。

ヴォワノフ　ステパン！
ステパン　やあ。

二人は握手する。ヴォワノフはドーラの処へ行きハグする。

アネンコフ　全て順調か、アレクセイ？
ヴォワノフ　ああ。
アネンコフ　宮殿から劇場への道順は調べたか？
ヴォワノフ　今書くから見てくれ。（彼は書く）ここがカーブ、ここで道が狭くなる、渋滞するんだ……馬車はちょうどこの部屋の窓の下の道を通っていく。
アネンコフ　この二つの×印は？
ヴォワノフ　小さい広場だ、ここで馬車は徐行して、その後劇場の正面に停まる。思うに、ここが絶好の場所だ。
アネンコフ　見せてくれ！
ステパン　大公の密偵はいるか？

ヴォワノフ　（ためらいがちに）うようよいるよ。
ステパン　どんな感じがする？
ヴォワノフ　いい気はしないさ。
アネンコフ　密偵が沢山いれば誰だってそうさ。動揺するな。
ヴォワノフ　僕は何も怖れてない。ただ嘘はつけない質《たち》なんだ。それだけ。
ステパン　誰だって嘘をつく。けどうまい嘘をつけばいいんだ。
ヴォワノフ　簡単じゃないよ。学生の頃、しょっちゅう仲間にバカにされてた、僕が隠し事が出来ないからなんだ。思ったことは何でも口に出してしまう。その挙句大学を退学になった。
ステパン　何故？
ヴォワノフ　歴史の授業の時、先生が僕に質問した、「ピョートル大帝はどうやってサンクトペテルブルグを建設したのか？」って。
ステパン　いい質問だ。
ヴォワノフ　僕はこう答えたんだ、「血と、それから鞭で」って。教室を追い出された。
ステパン　それから……？
ヴォワノフ　僕は分かったんだ、不正というものは告発するだけじゃだめだ。自分の

ステパン　命を投げ出して闘わなきゃいけないんだって。僕、今とても幸せです。でも嘘はつく？

ヴォワノフ　そう。けど、爆弾を投げるその日には決して嘘はつかない。

呼鈴が鳴る。二回、そして一回。ドーラが駆けて行く。

アネンコフ　ヤネクだ。

ステパン　呼鈴の合図が他の同志のと違う。

アネンコフ　ヤネクはそれを楽しんでるんだ。彼専用の合図を考えたんだよ。

ステパンは肩をすくめる。隣の部屋からドーラの喋る声が聞こえる。ドーラとカリャーエフが腕を組んで入って来る。カリャーエフは笑っている。

ドーラ　ヤネク、ステパンよ、この人がシュヴァイツァーの後釜になるの。

カリャーエフ　ようこそ同志。

ステパン　ありがとう。

ドーラとカリャーエフはみんなと向き合って座る。

アネンコフ　ヤネク、大公の馬車を確実に判別出来るか？

カリャーエフ　ああ、時間をかけて二度観察した。地平線の彼方からたくさんの馬車が現れても見分ける自信があるよ！　細かいところまで全て頭に入れた。例えば左側のランタンのガラスにはヒビが入ってる。

ヴォワノフ　張り込みの密偵は？

カリャーエフ　群れをなしてる。けどみんな友達になった。みんな僕から煙草を買うよ。（笑う）

アネンコフ　パヴェルは情報を確認したのか？

カリャーエフ　大公は今週劇場に行く。もうすぐパヴェルが正確な日にちを確かめて、このアパートの門番にメモを渡す。（ドーラの方を振り向いて）僕らはついてるよ、ドーラ。

ドーラ　（カリャーエフを見つめて）もう行商人のふりをするのはやめたの？　なんか今は立派に見えるわ。とても素敵。行商人の仕事着に未練はないの？

カリャーエフ　（笑って）ホント、あれは気に入ってたんだ。（ステパンとアネンコフに）行商人というものを二ヵ月観察したんだ。自分の小さい部屋で一ヵ月以上練習もした。その結果、行商人仲間達は誰も僕を疑わなかった。「あいつはえらく抜け目のない奴だ、あいつなら皇帝陛下の馬だって売りさばいちまうぞ」なんて言ってたよ。しまいにはみんな、僕を見習って仕事の仕方を真似しようとしてた。

ドーラ　あなたのことだから大笑いしたんでしょ。

カリャーエフ　そうだよ、僕はそういうこと我慢出来ないんだ。行商人の変装、知らなかった生活……全部楽しかったよ。

ドーラ　私は変装は嫌い。（自分が着ているドレスを見せて）見てよ、この派手な古着のドレス！　ボリア、もっと他のはなかったの？　これじゃまるで女優だわ！　私、つつましい人間なのに。

カリャーエフ　美しいよ、とっても似合ってる。

ドーラ　美しい！　そうなったら嬉しいわ。でも今はそんなこと考えちゃいけないの。

カリャーエフ　どうして？　君の眼はいつも悲しそうだよ、ドーラ。明るく、プライドを持っていなくちゃ。美しさも喜びも存在するんだ！「静かなる場所でこそ、私の心は君を望み……

ドーラ　（微笑んで）永遠の夏の香りを私は嗅ぐ……」

カリャーエフ　ドーラ！　この詩を覚えていてくれたの。あ、君、笑ってるね？　嬉しいなあ……。

ステパン　（遮って）時間を無駄にするな。ボリア、門番に前もって連絡した方がいいと思うけど？

カリャーエフは驚いてステパンを見る。

アネンコフ　そうだな。ドーラ、下に行って来てくれるか？　門番に金を握らせるのを忘れるな。その後でヴォワノフが道具を揃えるのを手伝うから。

ドーラは玄関の方に、ヴォワノフは隣の部屋へと去る。ステパンは決心したような足取りでアネンコフの処へ歩く。

ステパン　俺に爆弾を投げさせてくれ。
アネンコフ　駄目だ、ステパン。その役目は既に指名されてるんだ。
ステパン　頼むよ。俺にとってそれがどれほどの意味をもつことか、君には分かるだろう。
アネンコフ　駄目だ。規則は規則だ。（沈黙）僕も投げない、ここで待つ。規則は絶対だ。
ステパン　最初に投げるのは誰だ？
カリャーエフ　僕だ。二番目がヴォワノフ。
ステパン　君が？
カリャーエフ　驚いたのか？　僕のこと信用出来ないって言うのか！
ステパン　経験が必要だからさ。
カリャーエフ　経験？　君よく分かってるだろ、爆弾を投げるのはみんな一度きりだ、そして……二度目はないんだ。
ステパン　だがしっかりした腕がないと。
カリャーエフ　（自分の手を見せて）見てくれ。震えてるかい？

ステパンは横を向く。

カリャーエフ 震えてなんていないぞ。何だ！　いざ暴君を前にしたら僕が怖気づくとでも？　どうしてそんなこと思うんだ？　いいか、仮に僕の手がその時震えたとしても、僕は大公を確実に殺す方法を知ってるんだ。

アネンコフ どうやって？

カリャーエフ 馬車の下に飛び込んでやる。

ステパンは肩をすくめ離れた場所に座りに行く。

アネンコフ 駄目だ、そんなことする必要はない。とにかく逃げるんだ。君は組織にとって必要な人間だ、大事な身体なんだ。

カリャーエフ 従うよ、ボリア！　ああ、なんていう名誉なんだ！

アネンコフ ステパン、君はヤネクとアレクセイが馬車を待ち伏せしている間、通りに出ていてくれ。そしてこのアパートの窓の下を定期的に往復する、いざという時の合図は決めておくから。ドーラと僕はここで待って、合図

カリャーエフ　が来たら用意した声明文を窓から撒く。運が良ければ大公はお陀仏だ。（興奮して）絶対やってやるさ！　ああ何て幸せなんだ、成功したら！　大公がなんだ。僕らはもっと上の奴らを打倒するんだ！

アネンコフ　だがまずは大公だ。

カリャーエフ　けど万一失敗したら、ボリア？　そしたら日本人の真似をしなきゃ。

アネンコフ　どういう意味だ？

カリャーエフ　戦争の時、日本人は絶対降伏しなかった。奴らは自殺するんだ。

アネンコフ　いかん。自殺は考えるな。

カリャーエフ　じゃあどうする？

アネンコフ　新たなテロだ。

ステパン　（奥の方から）自殺する人間は、自己愛が強い。真の革命家に自己愛は禁物だ。

カリャーエフ　（ステパンの方に素早く振り向き）真の革命家？　何故僕にそんな言い方をするんだ？　僕があんたに何かしたか？

ステパン　退屈しのぎに革命をしようという奴が俺は嫌いなんだ。

アネンコフ　ステパン！

ステパンは立ち上がり、二人に近付く。

ステパン　そうさ、俺は乱暴な人間だ。だが俺にとって、憎しみはゲームじゃない。我々はお互い褒め合うためにいるのでもない。成功するためにいるんだ。

カリャーエフ　（穏やかに）何故僕を侮辱する？　誰が僕が退屈してるって言ったんだ？

ステパン　知らん。だが君は部屋に入る合図を勝手に変える、行商人に化けることを楽しむ、詩を口ずさむ、馬車に自分から飛び込みたがる、その上自殺だと……（カリャーエフをじっと見つめ）俺は君を信用出来ない。

カリャーエフ　（自制して）君は分かってないんだ、同志。僕は人生を愛してる。退屈などしてない。人生を愛してるからこそ革命に身を投じたんだ。

ステパン　俺は人生ではなく正義を愛している、正義こそ人生以上のものだ。

カリャーエフ　（明らかに努力して）みんなそれぞれ出来る限り正義のために仕えてるんだ。君は各々の違いを受け入れるべきだ。愛し合うんだ、出来ることならね。

ステパン　そんなことは出来ないね。

カリャーエフ　（カッとして）じゃあ君は、僕らと何をするんだ？

ステパン　俺は一人の男を殺しに来た。誰かを愛するためでも、それぞれの違いを認めるためでもない。

カリャーエフ　（激しく）何の名目もなしに君一人で大公を殺すことなんて出来ない。君はロシア人民の名において、僕らと一緒に大公を殺るんだ。それで初めて君の行為は正当化されるんだ。

ステパン　（同じように激しく）俺にはそんなものは必要ない。俺の存在はもう正当化されてるんだ、ある夜を境にずーっと、三年前、牢獄で。俺はもう耐えられそうもない……

アネンコフ　二人ともやめろ！　一体どうしたんだ？　いいか、自分が何者か思い出せ。みんな一心同体の同志だ、この国の解放のために専制君主を処刑するんだろう！　一緒に殺るんだ、何物も僕達を引き離すことは出来ない。（沈黙。二人を見つめて）来い、ステパン、合図を決めよう……

ステパンは出て行く。

アネンコフ　（カリャーエフに）大丈夫だ。ステパンは今まで苦労してきたんだ。僕から彼によく話すよ。

カリャーエフ　（とても蒼ざめて）あいつ、僕を侮辱した、ボリア。

ドーラが入って来る。

ドーラ　（カリャーエフの様子に気付き）どうしたの？

アネンコフ　何でもない。

アネンコフ、出て行く。

ドーラ　（カリャーエフに）何があったの？

カリャーエフ　僕達もう衝突したんだ。ステパンは僕が嫌いなんだ。

ドーラは座りに行く。沈黙。間。

ドーラ　ステパンは誰のことも愛せないんだと思う。全てが終われば、彼も幸せになれるわ。ね、悲しまないで。

カリャーエフ　悲しいよ。僕は君達みんなから愛されることが必要なんだ。組織のために全てを捨てて来た。もし同志が僕から離れて行ったら、僕はどうしたらいい？　時々思うんだ、みんなが僕のことを理解してないんじゃないかって、それは僕のせい？　分かってる、自分が不器用な人間だってことは……

ドーラ　みんなあなたを愛して理解しているわ。ステパンは別なのよ。

カリャーエフ　違う。僕はステパンの考えてることが分かるんだ。シュヴァイツァーによく言われた、「君は革命家になるには変わり者過ぎてる」って。僕はみんなに自分は変わり者じゃないことを説明したい。みんな僕をちょっと頭が変な奴、正直過ぎる奴と思ってる。けど、僕は思想的には彼等と変わらない。変わらないよ、思想のためにこの身を捧げるんだ。僕だって出来るよ、もっと器用に、寡黙に、ポーカーフェイスに、そして有能に。ただ一つ、僕は人生の日々が素晴らしいものに感じられるんだ。美しいもの、幸せなことを愛してる！　だからこそ、専制主義を憎むんだ。それをどうやったらみんなに説明出来る？　革命、無論だ！　でもその

ドーラ　革命は人生のための、人生に可能性を与えるためのものなんだ、分かってくれる？

カリャーエフ　（高揚して）ええ……（低く、そして沈黙の後に）でも、私達が与えようとしているものは死よ。

ドーラ　私達？　ああ、君が言いたいことはつまり……それは同じものじゃないんだ。違う！　違うんだ。その上僕らが殺す行為は、この先もう二度と誰も人殺しをしなくてすむ世界を築くためだ！　僕らが犯罪者の汚名を着るのは、この世界がいつか無実の人々だけで覆いつくされる日のためなんだ。

カリャーエフ　でももし、そうならなかったら？

ドーラ　黙れ、そんなことはあり得ない。ステパンが正しいとでも言うのか。そんなのは美の女神像に唾を吐くことだ。

カリャーエフ　ねえ、私はこの組織の中ではあなたより先輩よ。物事がそう簡単にはいかないってことを知ってるの。でもあなたには信念がある……私達は全員が信念を持っていないと。

ドーラ　信念？

ドーラ　あなたは強い精神力を持ってる。目的を達成するためには全てのものを押しのけても行動するわ。ね、どうして一番に爆弾を投げることを申し出たの？

カリャーエフ　実践しないでテロ行為を語ることが出来る？

ドーラ　出来ないわ。

カリャーエフ　だから最前線に立つんだ。

ドーラ　（考えている様子で）そうね、最前線、そして最後の瞬間。そのことをよく考えなきゃね。それには私達みんな勇気と情熱が必要だわ……あなたにもね。

カリャーエフ　この一年、他のことは何一つ考えなかった。今日《きょう》までその瞬間のために生きて来た。そして今分かったんだ、僕は大公の傍で、そこで命を落としたいんだって。僕は捧げる、僕の血の最後の一滴まで、あるいは爆発の炎の中で一瞬で焼け死ぬ、後には何も残らない。僕が何故爆弾を投げたいと申し出たか分かる？　それはね、思想のために死ぬ、そのことこそがその思想と同じ高みに行きつける唯一の手段だからだ。それが自分を正当化することなんだ。

ドーラ　私もよ、私もそういう死を望んでるわ。

カリャーエフ　そう、それは誰もが羨む幸福だよ。行商人を装ってる時、僕は夜、粗末な布団の上で寝返りを打つ。ある考えが僕を悩ませる、それはね、権力者自身たちが僕らを暗殺者に仕立てたってことなんだ。でも同時にこうも考える、僕は死ぬ、そしてそのことが僕の心に平安を与える。僕は微笑む、そうしてやっと子供のように安心して眠りにつくんだ。分かる？

ドーラ　そうね、ヤネク。殺す、そして死ぬ。でもね私思うんだけど、もっと大きな幸福があると思う。（間。カリャーエフはドーラを見つめる。ドーラは目を伏せる）絞首台よ。

カリャーエフ　（興奮して）僕もそのことを考えた。テロ行為の瞬間に死ぬだけでは何かが未完成なんだ。けどテロ行為と絞首台、それこそそこには一つの永遠がそっくりあるんだ。

ドーラ　（差し迫った声で、カリャーエフの両手を取って）その考えがきっとあなたを救うのよ。私達、自分達の義務以上のものを支払うの。

カリャーエフ　どういう意味？

ドーラ　殺害はどうしてもやらなきゃいけない、そうでしょ？　私達は故意に

カリャーエフ　たった一つの、一つきりの命を犠牲にするのよね？

ドーラ　そうだ。

カリャーエフ　けど、テロ行為をしに行く、そして絞首台に行く、それはつまり命を二度投げ出すことよ。つまり、本来の義務以上のものを支払うの。

そうか、二度死ぬということだね。ありがとう、ドーラ。誰も僕達のことを非難出来ない。今こそ、僕は自分で確信したよ。

沈黙。

カリャーエフ　どうしたの、ドーラ？　何か言ってくれよ。

ドーラ　私はもっとあなたの力になりたい。ただ……

カリャーエフ　ただ？

ドーラ　ううん、私、バカだわ。

カリャーエフ　僕が信じられない？

ドーラ　ううん、違うの、私、自分のことが信じられないの。シュヴァイツァーが死んで以来、私、妙な考えが頭に浮かぶの。それに私、あなたを厄介な思いにさせるようなこと言いたくない。

カリャーエフ　厄介なこと嫌いじゃないよ。僕のこと信じてくれてるなら言ってみてよ。

ドーラ　（彼を見つめて）分かってるの、あなたには勇気があるって。だから、それが心配なの。あなたは笑顔で高揚した気分で、犠牲をいとわずに、情熱に溢れて進んで行く。でもあと何時間かのうちにはその夢から覚めて行動しなければいけない。だから多分その前に話しておいた方がいいと思うの……驚いたり、やる気を喪失しないために。

カリャーエフ　そんなことになるもんか。言って、何を考えてるの？

ドーラ　つまり襲撃、そして絞首台、二回死ぬこと、それは簡単よ。あなたはそれで満足する。けど最前線……（ドーラは黙る。彼を見てためらうように）一番前に立つ、つまり、あなたは見るの彼を……

カリャーエフ　誰を？

ドーラ　セルゲイ大公を。

カリャーエフ　ほんの一瞬だよ。

ドーラ　ほんの一瞬、でもあなたは彼を見るわ！　ああ、ヤネク！　知っておくべきよ、前もって分かっておくべきなのよ！　彼も人間なのよ。大公は

カリャーエフ　優しい目をしてるかも。何気なく耳を掻いたり、楽しそうに笑っていたりするかも。頬に小さい髯《ひげ》剃り後の傷があるかも。それにもしかしたらその瞬間、あなたは彼と目が合うかも……

ドーラ　僕が殺すのは彼じゃない。僕は専制政治を殺すんだ。

もちろん、もちろんよ。専制政治を殺すのよ。私だって信管をはめ込んで爆弾を用意したわ、神経が張り詰めて一番苦しい瞬間よ、でもそれにもかかわらず私、不思議な幸福感が心の中に湧いて来るの。でも私は大公に会ったことはない。だからたやすいことよ、でももし、その作業の間、彼が私の目の前に座っていたとしたら。あなた、あなたはもっと近くで大公を見るのよ。うんと近くで……

カリャーエフ　(激しく)僕は彼を見ない。

ドーラ　どうして？　目をつむるの？

カリャーエフ　いいや。でも神の思し召しで、その瞬間に憎悪の念が僕の中で湧き上がり、僕は盲目になるんだ。

呼鈴が鳴る。一度だけ。二人は動かない。ステパンとヴォワノフが入って来る。隣の部屋で声がして、アネンコフが入って来る。

アネンコフ　アパートの門番から伝達の紙が来た。大公は明日劇場に行くそうだ。（皆を見つめて）準備を怠るな、ドーラ。

ドーラ　（感情を殺した声で）ええ。

ドーラはゆっくり出て行く。カリャーエフはドーラが去るのを見つめていたが、ステパンの方を振り向き、穏やかな声で言う。

カリャーエフ　奴を殺るよ、喜んで！

幕

第二幕

翌日の夕方。同じ場所。
アネンコフが窓辺に居る。ドーラはテーブルの傍に居る。

アネンコフ　みんな配置に付いた。ステパンが煙草に火をつけた。
ドーラ　大公は何時頃に通るの？
アネンコフ　もうまもなくだ。ん？　あれは馬車の音じゃないか？　……違った。
ドーラ　座って。落ち着くのよ。
アネンコフ　爆弾は大丈夫か？
ドーラ　座って。私達やるべきことは全てやったわ。
アネンコフ　そうだな。奴らが羨ましい。
ドーラ　あなたの持ち場はここ。リーダーなんですもの。
アネンコフ　そうだ、だがヤネクの仕事の方が価値がある。あいつはきっと……
ドーラ　リスクはみんなにあるわ。爆弾を投げる者にも投げない者にも。
アネンコフ　確かに結果リスクは同じだ。だが差し当たり、ヤネクとアレクセイは最前線に居る。僕が彼等と合流出来ないことは分かっている。だが時々、自分の役目をいとも簡単に承諾してしまう己が怖いんだ。だって爆弾を

ドーラ　投げなくてすむということは、楽をしてるということだからな。

アネンコフ　だからどうだって言うの？　一番大事なことは、あなたはあなたの役割を最後までやり遂げることでしょ。

ドーラ　君って人は本当に冷静だな！

アネンコフ　そんなことない、私だって怖いのよ。もう三年、私はあなた達と居る、二年間は爆弾を作り続けた。全て実行したわ、何一つやり残さず。

ドーラ　もちろんだよ、ドーラ。

アネンコフ　でもこの三年間ずっと怖いのよ、少し眠るためにみんなから離れる時、そして清々《すがすが》しい朝を迎えた時でさえ現れる恐怖。私はそういうことに慣れなきゃいけなかった。そしてそのうちに一番怖ろしい瞬間こそ冷静でいることを身に着けたのよ。自慢するようなことではないけれど。

ドーラ　そんなことない、自慢していいさ。僕は自分の感情を抑えることが出来ない。分かるかな、かつての生活が懐かしいんだ。楽しい日々、大勢の女たち……そう、好きだった、女たちも、酒も朝まで遊んだ陽気な日々も。

アネンコフ　あなたって思った通りの人ね、ボリア。だからとっても好きなの。あなたの心は死んでない。今でもそういう快楽を望む方がよっぽどいいのよ、叫ぶことも出来ない怖ろしい沈黙の中にいるより。

アネンコフ　驚いた、君がそんなこと言うなんて。信じられない。

ドーラ　待って、聞こえる。

ドーラは突然立ち上がる。下を通る馬車の音。次いで沈黙。

ドーラ　違った。大公じゃない。私、ドキドキしてるわ。ね、私まだ慣れてないのよ。

アネンコフ　（窓辺へ行って）気を付けろ。ステパンが合図をしてる。大公だ。

実際遠くから馬車の走る音が聞こえてくる、次第に近付き、窓の下を通り、遠ざかり始める。長い静寂。

アネンコフ　あと数秒だ……

二人、耳を澄ます。

アネンコフ　長いな。

ドーラ、緊張の身振りをする。長い静寂。遠くで教会の鐘が鳴る。

アネンコフ　あり得ない。ヤネクはもう爆弾を投げたはずだ……馬車は多分劇場に着いたぞ。アレクセイは？　見ろ！　ステパンが引き返して来て劇場へ走って行く。

ドーラ　（アネンコフの胸に縋りついて）ヤネクは捕まったのよ。捕まったんだわ、絶対。何とかしないと。

アネンコフ　待て、（耳を澄ます）まずいな。おしまいだ。

ドーラ　どういうこと？　何もしてないのにヤネクは捕まったのよ！　準備は完璧だったわ、ホントよ。あの人牢獄も裁判も覚悟の上で。けどそれは大公を殺してからの話よ！　こんなの……こんなのってないわ！

アネンコフ　（外を見ながら）ヴォワノフだ！　早く開けて！

ドーラ、ドアを開けに行く。ヴォワノフが引きつった顔で入って来る。

アネンコフ　何があった？　早く話せ！

ヴォワノフ　何が何だか。僕は一発目の爆発を待ってた。馬車は角を曲がった、そして何も起きなかった。呆然として。で、思った、もしかしたら土壇場になってあなたが計画を変更したんじゃないかって、僕はためらい、それから夢中でここまで走った……

アネンコフ　で、ヤネクは？

ヴォワノフ　会ってない。

ドーラ　捕まったのよ。

アネンコフはずっと窓の外を見ている。

アネンコフ　ヤネクだ！

三人はそのまま。カリャーエフが入って来る。顔は涙に濡れている。

カリャーエフ　(取り乱して)許してくれ、同志。出来なかった。

ドーラがカリャーエフの許へ行き、その手を取る。

ドーラ　大丈夫よ。

アネンコフ　何があった?

ドーラ　何でもないわ、時には最後の瞬間で全てがダメになることもあるわよ。

アネンコフ　しかしまさか……

ドーラ　(カリャーエフに)いいのよ。あなただけじゃないわ、ヤネク。シュヴァイツァーだって最初の時は失敗したのよ。

アネンコフ　ヤネク、怖気づいたのか?

カリャーエフ　(びくっとして)違う。そんなこと言うな!

決められた合図のノックの音。アネンコフの指示でヴォワノフが出て行く。カリャーエフは打ちひしがれている。静寂。ステパンが入って来る。

アネンコフ それで？

ステパン 大公の馬車に子供達が乗ってたんだ。

アネンコフ 子供達？

ステパン ああ、大公の甥と姪だ。

アネンコフ オルロフの情報では大公は一人だったはずだ。

ステパン その上大公妃も乗ってたんだ。思うに、我らが詩人、ヤネク様にとっては殺る人数が多過ぎたんだろう。幸い、張り込みの密偵には気づかれなかった。

アネンコフが低い声で何やらステパンに話す。全員がカリャーエフを見ている。カリャーエフはステパンの方に目を上げる。

カリャーエフ （取り乱してステパンに）予想出来なかったんだ……子供が、よりによって子供なんて。君はあの子達を見たかい？　あの子達の真剣な眼差し……あんな眼差しには耐えられない……けど僕はあの寸前まで広場の片隅の暗がりの中にいて幸せだったんだ。遠くに馬車のランタンの光が見えた時、僕の心は喜びで高鳴った、ホントだ。馬車の音が大きくなるにつれ、僕の心臓の音もどんどん大きくなった。その音で僕はどうかなりそうだった。躍り上がりたい気分だった。僕はきっと笑っていたと思う。そして唱えていた「やるぞ、やるぞ」……って。分かるだろ？

カリャーエフはステパンから目を離す。そして再び打ちひしがれた様子になる。

カリャーエフ

僕は馬車に走り寄った。そしてその瞬間に見たんだ彼等を、誰も笑ってなかった。みんな真っ直ぐな姿勢で空《くう》を見つめてた。まるで何かが悲しいみたいに！　盛装した服に身を包んで、手を膝の上に乗せ、それぞれが身体をこわばらせて、その目はうつろだった！　僕は大公妃は見ていなかった。子供達、あの子達だけ。万一あの子達が僕を見たら、僕はきっと爆弾を投げただろう。少なくともあの悲しそうな目を消し去るために。

でもあの子達はずっと真っ直ぐ前だけを見ていた。

カリャーエフは他の者たちの方へ目を上げる。沈黙。そしてさらに低い声で。

カリャーエフ　つまり何がどうなったのか僕には分からない。腕の力が抜けた。脚が震えた。そしてその時にはもう全てが手遅れだった。（沈黙。彼は目を伏せる）ドーラ、あれは夢だったのかなあ？　僕はその瞬間教会の鐘の音を聞いたような気がしたんだ。

ドーラ　いいえヤネク、夢じゃないわ。

ドーラは手をカリャーエフの腕に置く。カリャーエフは再び顔を上げ、自分を見つめている全員の顔を見る。立ち上がる。

カリャーエフ　みんな僕を見てくれ、ボリア、僕を見てくれ、僕は臆病者じゃない、尻込みしたワケでもない。子供達がいるなんて考えてもみなかったんだ。

全てがあっという間の出来事だった。二つの真面目くさった顔、そして僕の手は感じていた、爆弾の怖ろしい重みを。もちろん、それを投げなければいけなかった。そうさ。真っ向から。ああでも！　僕には出来なかった。

カリャーエフは一人一人を見つめる。

カリャーエフ　昔、故郷のウクライナで僕は馬車を走らせていた、風のように速くね、怖いものなんか何もなかった。何もね。ただ一つ、子供を馬車ではねること以外は。想像するだけで怖かった、小さな頭が地面に叩きつけられるなんて……

カリャーエフは黙る。

カリャーエフ　助けてくれ……

沈黙。

カリャーエフ 僕は自殺したいと思った。ここへ戻って来た理由は、僕はみんなに釈明する義務があると思ったから、何故なら君達が唯一、僕を裁く権利がある人達だから、そして言ってくれると思ったから、僕は間違ってたのか、それとも正しかったのかを、君達なら間違った判断をしないから。なのに何故誰も何も言ってくれないんだ。

ドーラが彼に近付いて触れようとする。カリャーエフは一同を見つめ、暗い声で言う。

カリャーエフ じゃこうしよう。もし君達があの子供達を殺すべきだと言うなら、僕はこれから劇場の出口で待って、彼等が乗り込んだ馬車に一人で爆弾を投げる。今度こそ失敗はしない。決めてくれ、僕は組織の決定に従うよ。

ステパン 組織は君に大公を暗殺しろと命じたんだ。

カリャーエフ そうだ。だが子供達を殺せとは言ってない。

アネンコフ　ヤネクが正しい。この状況は予想外だったんだ。

ステパン　彼は従うべきだ。

アネンコフ　僕がリーダーだ、責任は全て僕にある。どんな場合にも、誰も迷わないようにあらゆるケースを予測しておかなければならなかったんだ。今決めるべきことは、今回は最終的に取り逃がすのか、あるいは我々がヤネクに命令して劇場の出口で待ち伏せさせるかのどちらかだ。どう思う、アレクセイ？

ヴォワノフ　僕には分からない。僕もきっとヤネクと同じことをしたと思う。絶対とは言い切れないけど。(低く) 僕、手が震えてる。

アネンコフ　ドーラは？

ドーラ　(激しく) 私だってヤネクと同じようにためらったと思うわ。自分が出来ないことを人に押し付けられると思う？

ステパン　みんな、その結論が何を意味するか分かっているのか？　怖ろしい危険を冒しながら、二ヵ月間も尾行して探ってきたんだ。この二ヵ月を永久に無にするのか。エゴールが捕まったことも、リーコフが絞首刑にされたことも、全てが無駄になるんだぞ。そしてまた一からやり直せって言うのか？　何週間もの間徹夜で策略を練って、絶え間ない緊張に身を置いて、それでも次のチャンスをじっと待つのか？　みんなどうかしてるぞ！

アネンコフ　この二日以内に、大公はもう一度劇場に来る。それは知ってるだろ。

ステパン　その二日間に俺達が捕まるリスクが大きいんだと言ったのは君だぞ。

カリャーエフ　僕は行ってくる。

ドーラ　待って！　（ステパンに）ねえ、ステパン、あなた目を開いたまま、至近距離から子供に銃を撃てる？

ステパン　出来るさ、それが組織の命令ならな。

ドーラ　なら何故目をつむるの？

ステパン　俺が？　目をつむったって？

ドーラ　ええ。

ステパン　そうか、じゃきっとそういう場面をしっかり想像して、説得力を持って答えるためだ。

ドーラ　しっかり目を見開いて理解してよ、いい、もし私達の爆弾で子供達が吹き飛ばされることを、ほんの一瞬でも組織が黙認すれば、その時組織そのものの権威も信頼も失墜するのよ。

ステパン　そういうバカバカしいことに関心はないね。そんな子供達のことは無視すると俺達が決心して実行した、その日こそ、革命は勝利を収め、俺達は世界の頂点に立つんだ。

ドーラ　その日こそ、革命は全人類の憎しみの的になるわ。

ステパン　構わないさ、それほど俺達が革命を強く愛し、その結果彼等を奴隷の状態から解放することになれば。

ドーラ　じゃあもし人類全体が革命を拒絶したら？　もし彼等、あなたがその彼等のために闘ってる当の人民がみんな、自分達自身の子供を殺すことを拒否したら？　あなたはそういう人民達も殺すの？

ステパン　そうだ。必要とあらばな。彼等がこのことを理解出来るまでやるんだ。いいか、俺だって人民を愛してるんだ。

ドーラ　愛とはそういうものではないわ。

ステパン　誰の言葉だ？

ドーラ　私よ、ドーラ。

ステパン　君は女だ、愛ってもんにくだらん考えを持っているのさ。

ドーラ　（激しく）でも、私の正義の理念は恥というものを知ってるわ。

ステパン　俺だって俺自身を恥じたことがある、たった一度、それも他人の過ちのせいで。鞭で打たれた時だ。そう、あいつらが俺を鞭打ったせいだ。鞭ってどんなものか分かるか？　同志のヴェラが俺の傍に居た、彼女は抗議のために自殺したんだ。俺は生き延びた。今、この事以上に俺に何が恥じることがあるんだ？

アネンコフ　ステパン、ここにいるみんな君を愛し、尊重してる。だが、君のいかなる口実にも関係なく、僕は君の言い分の全てをそのまま許すことは出来ない。全てがそのまま許されないという証拠に、何百人もの同志が死んだんだ。

ステパン　我々の大義はいかなるものにも邪魔されない。

アネンコフ　（怒って）じゃあ、エヴノが提案したように、警察に潜り込んで二重スパイをすることも君ならやるのか？

ステパン　やる。もし必要とあらば。

アネンコフ　（立ち上がって）ステパン、今まで君が僕らのために、僕らと共にしてくれた行為に免じて、君が今言ったことは忘れよう。だが、このことだけは覚えておけ、今の問題は、もうまもなく僕らがその二人の子供達に爆弾を投げつけるかどうかということだ。

ステパン　子供達！　他に言うことはないのか。何も分かっちゃいないな？　ヤネクがその二人の子供を殺さなければ、これから何千のロシアの子供達がこの先何年間も飢えで死ぬんだぞ。君は飢えで死んでいく子供達を見たことがあるか？　俺はある。餓死に比べれば爆弾で死ぬなんて極楽往生だ。ヤネクは飢え死にする子供達を見ていない。大公の甥達、クソガキを見ただけだ。君達だって一人前の人間じゃないのか？　その場しのぎで生きてるのか？　ならその慈悲の心で日々の悪を治めるんだな、現在と未来に渡る全ての悪を滅ぼす革命なんかやめておけ。

ドーラ　ヤネクが大公を殺すことを引き受けたのは、大公の死がロシアの子供達を飢え死にから救う時代が来ることを加速させるためよ、簡単なことじゃないわ。でも大公の甥達の死が、餓死する子供達を救うことにはならないでしょう。破壊行為においてさえ、秩序と限界というものがあるのよ。

ステパン　（激しく）限界なんてない。君達、本当のところは革命を信じてないんだ。

（ヤネク以外の全員が立ち上がる）信じてないのさ。もし全面的に、完全に信じているのであれば、もし俺達の犠牲、俺達の勝利によって専制政治から解放されたロシアが築かれ、全世界が自由で覆いつくされ、そしてもしその時、君達が、人民が支配者とその偏見から解放されて、神々しい顔で空に向かって立つことが出来ることを疑わなければ、そのことに比べてたった二人の子供の死なぞ、なんだって言うんだ？　自分が持ってる全ての権利を認めるんだ、全てだ、分かるか。二人の子供が死ぬことで立ち止まるなら、君達が自分の権利を確信していない証拠だ。革命を信じていないってことだ。

沈黙。カリャーエフが立ち上がる。

カリャーエフ

ステパン、僕は自分を恥じている、でも君の話はこれ以上聞いてられない。確かに僕は専制主義を打倒するために人を殺すことを引き受けた。けれど君の言葉の陰に、僕はやはり専制主義の臭いを感じるんだ。もしそれがいつか姿を現したら、正義の人間であろうとしてる僕はただの暗殺者になってしまう。

ステパン　暗殺によって正義がなされるんなら、君自身が正義の人じゃなくたって、それが何だって言うんだ。君も俺も無だ、何者でもない。

カリャーエフ　僕達は何者かだ。君だってよく分かってるはずだ。だって今君の自尊心がそれを語らせているじゃないか。

ステパン　俺の自尊心のことは俺自身の問題だ。だが人間の自尊心、反逆精神、人生の中での不正、それらはみんな俺達全員に関わっているんだ。その中で生きてるんだ。

カリャーエフ　人間は正義のためだけに生きてるんじゃない。

ステパン　もしパンを盗まれたとしたら、そいつは何をよすがに生きていくんだ？　正義じゃないのか？

カリャーエフ　正義と、それから潔白だ。

ステパン　潔白？　なるほど。だが俺は何千人もの人間に潔白という言葉の意味をもっと重要にさせるためにこそ、その日のためにこそ、俺は今そいつを無視する。

カリャーエフ　もし人が潔白に生きていこうとすることを否定するなら、君は本当に偉大な日が来ることを、まずは確信しなきゃいけない。

ステパン 確信してるさ。

カリャーエフ いや、君には確信なんて出来ないさ。僕と君のどちらが正しいか知るまでに、三世代もの犠牲を伴うかもしれないんだぞ、いくつもの戦争、苛酷な革命が必要かもしれない。その血の雨が大地で乾く頃には、君も僕も一緒くたに、ただの塵《ちり》になってるんだ。

ステパン そしたら他の奴らがやるさ。そいつらもおれの同志だ。

カリャーエフ (叫んで)他の奴ら……そうか！　でも僕は今、この時、同じこの地上の上に共に生きてる人間達を愛し、賛美しているんだ。彼等のために僕は闘い、死を受け入れる。知りもしない遠い国へ出かけてまで同志を殴ったりはしない。死んだ正義のために、生きてる不正を増やしたりはしない。(低く、しかし断固として全員に)同志達、率直に言おう、せめてこのことだけ、この国で一番純朴な農民達にも分かるように、いいか、子供を殺すということは名誉に反することなんだ。だからもしいつか、僕がまだ生きてて、革命というものが名誉から切り離される日が来るとしたら僕は身を引く。君達みんなが決めれば僕はこれから劇場の出口へ行く、

ステパン　けどそうなったら僕は馬車の下に飛び込むんだ。

カリャーエフ　名誉という奴は馬車を持っている限られたブルジョワのものさ。

違う。名誉は貧しい人間の最後の富だ。君にもよく分かってるはずだ、革命の中に名誉があることも。僕らが死を受け入れていることこそが革命における名誉だ。名誉が君を、あの鞭を受けた日に立ち上がらせたんだ。ステパン、名誉こそがこうして今も君を喋らせているんだ。

ステパン　(叫んで) 黙れ、そんなことを言うのは許さん。

カリャーエフ　(カッとなって) 黙れとはなんだ？　僕は君の言うことを黙って聞いてたんだぞ。僕が革命を信じていない、つまり僕が単なる暗殺者だから無意味に大公を殺せただろうって言われたと同じだ。そうさ、好きなことを言わせたよ、だけど僕は君を殴らなかったんだ。

アネンコフ　ヤネク！

ステパン　ちゃんと殺せなかったということは、無意味だったたってことさ。

アネンコフ　ステパン、ここには君の意見に同調する者は誰もいない。結論は出た。

ステパン　じゃ、引き下がろう。但しもう一度言うが、テロ行為は軟弱な奴には向かないんだ。俺達は殺人者で、それは自分達が選んだことだ。

カリャーエフ　（カッとなって）違う。僕は殺人行為が決して勝利を収めないということのために、自分が死ぬことを選んだんだ。僕は潔白であることを選んだんだ。

アネンコフ　ヤネク、ステパン、もうよせ！　組織は子供を殺すことは無益だと結論を出した。もう一度尾行を再開する。二日以内に再決行するための準備をしよう。

ステパン　そしてまたそこに子供がいたら？

アネンコフ　次の機会を待つ。

ステパン　じゃもし大公妃だけが大公と一緒だったら？

カリャーエフ　それは容赦しない、殺る。

アネンコフ　しーっ、聞け。

馬車の走る音。カリャーエフは我慢出来ず窓辺へ行く。他の者達はじっと待つ。馬車が近付き、窓の下を通り、遠ざかって音は消える。

ヴォワノフ　（自分に近付いて来るドーラを見つめて）やり直しだ、ドーラ……

ステパン　（侮蔑を込めて）そうだ、アレクセイ、やり直しだ……だが何とかうまくやらなきゃな。名誉のために！

幕

第二幕

同じ場所。同じ時刻。二日後。
アネンコフ、ステパン、カリャーエフ、ドーラ。

ステパン　ヴォワノフは？　ここにいるはずの時間だ。
アネンコフ　あいつには睡眠が必要なんだ。まだ三十分あるさ。
ステパン　じゃあ情報の確認に行ってくるかな。
アネンコフ　駄目だ。リスクは最小限にしないと。

沈黙。

アネンコフ　ヤネク、何故黙ってるんだ？
カリャーエフ　別に。言うことがないから。心配しないで。

呼鈴が鳴る。

カリャーエフ　ヴォワノフだ。

ヴォワノフが入って来る。

アネンコフ　眠れたか？
ヴォワノフ　ええ、少し。
アネンコフ　一晩中ぐっすり？
ヴォワノフ　いや。
アネンコフ　それは困ったな、何とかしないと。
ヴォワノフ　やってみたんだけど、疲れ過ぎてて。
アネンコフ　おい、手が震えてるぞ。
ヴォワノフ　そんな。（一同彼を見つめる）みんなどうして僕を見るんだ？　疲れてちゃいけないのか？
アネンコフ　そうじゃない、君を心配してるんだ。
ヴォワノフ　（突然激しく）心配なら一昨日してくれりゃよかったんだ。一昨日もし、爆弾が投げられてたら僕らみんなこんなに疲れなくて済んだんだ。
カリャーエフ　許してくれアレクセイ。僕が物事を面倒にしたんだ。

ヴォワノフ　（低く）誰がそんなこと言ってる？　面倒なんて言うな。僕は疲れてる、それだけだ。

ドーラ　今は全てが順調よ。一時間後には終わってるわ。

ヴォワノフ　そうだね、終わってる。一時間後には……

ヴォワノフは周囲を見回す。ドーラが傍へ行き手を取る。ヴォワノフはその手を委ねるが、すぐに激しく振りほどく。

ヴォワノフ　ボリア、話したいことがある。

アネンコフ　二人だけで？

ヴォワノフ　ああ、二人だけで。

二人は見つめ合う。カリャーエフ、ドーラ、ステパンは出て行く。

アネンコフ　何だ？

ヴォワノフは黙っている。

アネンコフ　話してくれ、さあ。

ヴォワノフ　僕は恥ずかしいんだ、ボリア。

沈黙。

ヴォワノフ　恥ずかしいんだ。でも本当の事は言わないと。

アネンコフ　爆弾を投げたくないのか？

ヴォワノフ　僕には出来そうもない。

アネンコフ　怖いのか？　それだけか？　恥ずかしいことなんかないさ。

ヴォワノフ　怖い。そして怖いことが恥ずかしい。

アネンコフ　だが一昨日は君は嬉しそうだった、それにしっかりしてた。ここから出て行く時は目が輝いてたぞ。

ヴォワノフ　僕はいつだって怖いんだ。一昨日は勇気を奮い起こした、それだけ。遠くから馬車の音がした時思った「さあ！　あと一分だ」歯を食いしばった。全身の筋肉を緊張させた。一撃で大公を殺せるような激しい勢いで爆弾を投げようとした。自分の中に溜め込んだこの力でやってやろうと、一発目の爆破を待っていた。けど何も起こらない。馬車は僕の目の前に来た。凄い速さで！　そして通り過ぎた。それで分かった、ヤネクは爆弾を投げなかったんだって。その瞬間、僕はひどい寒気に襲われた。そして突然、僕は感じたんだ、自分は子供のように弱い存在なんだって。

アネンコフ　どうってことないさ、アレクセイ。人生はやり直せる。

ヴォワノフ　この二日間、人生は戻って来なかった。僕、さっきは嘘をついたんだ、夕べは一睡も出来なかった。心臓が猛烈にドキドキして。ああ！　ボリア、僕はもうダメだ。

アネンコフ　そんなことじゃ駄目だ、僕らだってみんな君と同じだったんだ。爆弾は投げなくていい。一ト月ほど休みを取ってフィンランドへ行って来い、その後でまた僕らに合流すればいい。

ヴォワノフ　違う。そういうことじゃない。もし今爆弾を投げないなら、僕はもうこの先一生投げないんだ。

アネンコフ　つまりどういうことだ？

ヴォワノフ　僕はテロリストには向いてない。今、それが分かった。僕はみんなから離れた方がいいんだ。今後は委員会の中で宣伝活動をする。

アネンコフ　リスクは変わらないぞ。

ヴォワノフ　はい、けどそうなれば目を閉じたまま行動出来る。何も知らずに。

アネンコフ　どういう意味だ？

ヴォワノフ　（熱を込めて）何も知らずにいられる。集会を開いて、状況について議論して、実行命令を伝達する、簡単なことだ。もちろん命を危険にさらす、けど暗中模索のまま、何も見ないで済む。それに比べて、街に夕暮れが迫る頃、僕は人混みの真ん中で立っている、その群衆の中には様々の理由で足を速める人達が……食卓の熱いスープのために、子供のために、妻の抱擁のために……でも僕は腕に爆弾の重みを感じながら無言で、その中で立っているんだ、あと三分、二分、あと数秒、そして飛び出すんだキラキラ輝く馬車の正面に、そう、それがテロだ。でも今分かった、自分の血の気が失せるような思いをしてもう一度やり直すなんて、僕には出来ない。そうさ、僕は恥ずかしい。高みを望み過ぎたんだ。分相応の仕事をするべきなんだ。ほんの軽い仕事。唯一僕に相応しい仕事。

アネンコフ　軽い仕事なんてあるもんか。どんな仕事にも牢獄と絞首台が待ってるんだ。

ヴォワノフ　けど自分が殺す相手の顔のようには、牢獄と絞首台ははっきりとは見えない。うんと想像しないと。幸運にも、僕は想像力に欠けてるんだ。（神経質に笑う）怖ろしい秘密警察というものを、現実的に想像することなんて出来たためしがない。ねえ？　おかしいでしょう、テロリストのくせに。腹を一発蹴られたら、その時は信じられるんだきっと。それまでは駄目だ。

アネンコフ　じゃ一度牢獄を経験したらどうだ？　牢獄に入れば分かるし、見える。二度と忘れないほどな。

ヴォワノフ　牢獄に入れば決心すべきことは何もない。そうだ、そうなんだ、もう何も決めなくていいんだ！「さあ、お前の番だぞ、お前が自分で決めるんだ、飛び出す瞬間をな」って自分に言い聞かせる必要もなくなる。僕は今確信出来る、もし僕が逮捕されても僕は決して脱走しようとは思わない。脱走するためにはまた策を練らなきゃならないし、自分で率先して行動しなきゃいけない。脱走さえしなきゃ、敵側が主導権を握る。

アネンコフ　奴らは時には君達を処刑する。

ヴォワノフ　（絶望的に）時には。けど、この両腕に自分の命と他人の命、その二つともを抱えて炎の中に突き落とす瞬間を決意するくらいなら、自分だけが死ぬことの方が、ずっとたやすいと思う。だから、ボリア、僕が自分を償う唯一の方法は、ありのままの自分を受け入れること、それだけなんだ。

アネンコフは黙っている。

ヴォワノフ　たとえ臆病者でも革命のための何らかの役に立つ。自分のいるべき場所さえ見つければ。

アネンコフ　そんなら僕らはみんな全員臆病者だ。だが、そのことを確かめる機会がいつもあるってワケじゃない。君は君の望むようにすればいい。

ヴォワノフ　今すぐここを発ちたい。とてもみんなと面と向かって会えない。あなたから話して下さい。

アネンコフ　ああ、そうするよ。

アネンコフ、ヴォワノフの方へ行く。

ヴォワノフ　ヤネクに伝えて下さい、これは決して彼のせいじゃないと。僕が同志全員を愛しているように、彼のことも愛していると。

沈黙。アネンコフ、ヴォワノフをハグする。

アネンコフ　さようなら同志。全てが終わるさ。ロシアに幸福が来るんだ。
ヴォワノフ　（去りながら）そうだ！　ロシアに幸福が訪れますように！　幸福が！

ヴォワノフ、去る。アネンコフ、ドアの処に行く。

アネンコフ　入ってくれ。

全員、ドーラと共に入って来る。

ステパン　どうしたんだ？
アネンコフ　ヴォワノフは爆弾を投げない。彼は参ってる。ちゃんとやれそうもない。
カリャーエフ　僕のせいだ。そうだね、ボリア？
アネンコフ　彼は君を愛してると伝えてくれと言った。
カリャーエフ　また会えるのか？
アネンコフ　多分。とりあえず僕達からは離れる。
ステパン　何故？
アネンコフ　委員会の内部で活動する方が役に立つから。
ステパン　それは彼の希望か？　つまり怖くなったってことか？
アネンコフ　違う。全て僕の決めたことだ。
ステパン　襲撃の直前になって、君は仲間を一人外すのか？
アネンコフ　直前だからこそ僕一人で決めたんだ。議論してる暇はない。僕がヴォワノフの代わりをやる。
ステパン　いや、俺の番だ。
カリャーエフ　（アネンコフに）君はリーダーだ。君の義務はここに居ることだ。

アネンコフ　リーダーは時には卑怯者にもなる義務がある。必要とあらばリーダーの精神的強さを試すんだ。僕は決心した。ステパン、その間君が僕の代わりを務めて欲しい。来てくれ、君に今回の指示を教えておくから。

アネンコフ、ステパン、出て行く。カリャーエフは座りに行く。ドーラは彼の方へ行き、手を差し出すが思い直す。

ドーラ　あなたのせいじゃないわ。

カリャーエフ　僕がヴォワノフに悪いことをしたんだ。とっても悪いことをね。この間彼が僕に何て言ったか分かる？

ドーラ　いつもずっと幸せだったって繰り返してたわ。

カリャーエフ　ああ、けど僕らの共同体なしでは自分の幸せはないって「まずは我々が、組織がありきだ。そしてその後には何もない。これは騎士道なんだ」って。かわいそうだ、ね、ドーラ！

ドーラ　戻って来るわよ。

カリャーエフ　いや。僕が彼の立場だったらこう感じるよ。きっと絶望だ。

ドーラ　でも今は、あなた今はそうじゃないの？

カリャーエフ　（悲し気に）今？　今は君達といる、だから僕は幸せだよ、ヴォワノフが幸せだった時のように。

ドーラ　（ゆっくりと）この上もない幸福ね。

カリャーエフ　ああ、本当にこの上もなくね。君もそう思わないか？

ドーラ　ええ、あなたと同じ。それなら何故あなたは悲しいの？　二日前、あなたの顔は輝いてた。まるで何かのお祭りに行くような足取りで出て行ったわ。でも今日は……

カリャーエフ　（ひどく動揺して立ち上がる）今日僕は今まで分からなかったことが分かったんだ。君は正しかった、これは簡単なことじゃないんだ。正しい理念と勇気さえあれば殺すことなんぞたやすいと思ってた。けれど僕はそれほど立派な人間じゃない、そして分かった、憎しみの中に幸せはないんだってことが。全ての悪、全ての悪、僕の中に、そして他人の中にある悪。殺人、卑劣さ、不正……。ああ、僕は、僕はどうしても大公を殺さなければ……。そう、徹底的に！　憎しみよりはるかに遠い所へ行きつくまで！

ドーラ　はるかに遠い所？　そこには何もないわ。
カリャーエフ　あるさ、愛だ。
ドーラ　愛？　ううん、そんなものは必要ないわ。
カリャーエフ　ドーラ、どうしてそんなこと言うんだ、僕は君の心の中を知っているよ
……
ドーラ　たくさんの血が流され、たくさんの激しい暴力が満ちてるのよ。真に正義を愛してる者達は、恋愛をする権利はないの。みんな訓練され、そう私みたいに、頭を上げて、目を見据えて。この誇り高い心に恋愛が入り込む隙間はないの、恋愛は誇り高い人間を知らない間に駄目にするのよ、ヤネク。私達はしっかり頭を上げていなければ。
カリャーエフ　でも僕らは僕らの人民を愛しているじゃないか。
ドーラ　その通りよ、人民を愛してるわ。大きな愛情で、でも後ろ盾もない不幸な愛よ。私達は彼等から遠い所で、自分達の部屋に閉じこもって、自分達の思想の中に迷い込んで生きている。けどその人民は、人民は私達を愛してる？　彼等は私達が彼等を愛してることを知ってる？　人民は何も言わない。沈黙してる、何ていう沈黙……

カリャーエフ　それこそが愛なんだよ、全てを与え、全てを犠牲にし、報いられる望みはないんだ。

ドーラ　多分。それが完全な愛というものなんでしょうね、純粋で、そして孤独な喜び、そしてそれこそが実際に私の身を焦がすのね。でもある時には、愛には別の形があるのかもしれないと思うの、独り言の世界じゃなくなって、時には答えのないもの。私、想像するの、ね、太陽が輝き、肩の力を抜いて、高慢さを捨てて、腕を拡げるの。ああ、ヤネク、ほんのひとときでもこの世のむごい悲惨さを忘れて、なすがままに身を委ねられたら。ほんのちょっとの間だけの我儘、あなたはそんなこと考えられる？

カリャーエフ　ああ、ドーラ、それは優しさ、と呼ぶものだよ。

ドーラ　優しさ、あなたは何でも見抜いてるのね。でもあなたには本当に分かっているの？　あなたは優しさを持って正義を愛してるの？

カリャーエフは黙る。

ドーラ　あなたは人民をその諦めと優しさを持って愛してるの？　それとも反対に、復讐と反逆の炎を抱いて愛してるの？　（カリャーエフ、黙っている）ねえ、（彼の処へ行き、微かな声で）私のことは？　私のことも優しさを持って愛してる？

カリャーエフは彼女を見つめる。

カリャーエフ　（沈黙の後に）僕ほど君を愛してる者はいない。
ドーラ　分かってるわ。でも世の中の他の人達と同じような愛し方の方がいいんじゃないの？
カリャーエフ　世の中の人とは関係ない。僕は僕なりに君を愛してる。
ドーラ　正義よりも？　組織よりも私を愛してる？
カリャーエフ　その三つを切り離すことは出来ない、君と、組織と、そして正義を。
ドーラ　ええ、でも答えて、お願い、答えてちょうだい。あなたは孤独の中で、優しさとエゴイズムを持って私を愛しているの？　もし私が正義を捨てても愛してくれる？

カリャーエフ　正義を捨てた君を愛するとしたら、それは今とは別の君を愛するということになる。

ドーラ　答えになってないわ。ただこれだけが知りたいの、もし私が、組織の人間じゃなくても愛してくれる？

カリャーエフ　じゃあつまり君はどこにいるの？

ドーラ　私よく学生の頃の自分を思い出すの。よく笑ったわ。私はきれいだった。散歩したり夢を見たりして時を過ごしていたの。そんな軽薄で呑気な私でも、あなたは愛してくれる？

カリャーエフ　（ためらい、低い声で）うんと言えたらどんなにいいだろう。

ドーラ　（叫んで）それならうんと言って、お願い、そう思うなら、そしてその気持ちが真実なら。正義の前で、宣言して。そう、そうよ、お願い、たとえ瀕死の子供達がいても、絞首刑を宣告された人がいても、鞭打たれて死んでいく人がいても……愛してると言って……

カリャーエフ　ドーラ、黙れ。

ドーラ　いいえ、私の心の中を一度だけ言わせて、私、言わなきゃいけないの。私は待ってるの、不正に毒されたこの世界を飛び越えて、あなたが私の名を、「ドーラ」と呼んでくれることを……

カリャーエフ　（乱暴に）黙ってくれ。僕の心は君を想って震えている。けどじきに、僕は震えることさえ出来なくなるんだ。

ドーラ　（取り乱して）じきに？　ああ、そうね、忘れていたわ……（彼女はまるで泣いているように笑う）ううん、いいの、いいのよ、怒らないでね、私どうかしてたの。きっと疲れのせいよ。私こそ言うべきじゃなかったわ。たとえ正義を前にしても牢獄の中にいても、私はいつも同じ心であなたを愛しているわ。あの夏のこと、覚えてる、ヤネク？　でも今は違う、終わらない冬ね。私達はこの世には住んでいない、私達は正義に生きてる人間よ。夏の暑さは私達のものじゃない。（顔をそむけて）ああ！　哀れな正義の人びと！

カリャーエフ　（絶望的に彼女を見つめて）そう、それが僕らの役割だ、恋愛なんか不可能なんだ。けれど僕が大公を殺す、そして平和が来る、君の上にも僕の上にも。

ドーラ　平和！　それはいつ？

カリャーエフ　（激しく）すぐだ。

アネンコフとステパンが入って来る。ドーラとカリャーエフはお互いに離れる。

アネンコフ　ヤネク！

カリャーエフ　今行く。（深く息を吸う）いよいよだ……いよいよ……

ステパン　（カリャーエフの処へ行き）さよなら同志、俺がついてるぞ。

カリャーエフ　さよならステパン。（ドーラの方を向く）さよなら、ドーラ。

ドーラは彼に近寄る。二人はお互い非常に近くにいるが触ろうとはしない。

ドーラ　さよならじゃないわ。またね、よ。またね、また逢いましょう。

カリャーエフはドーラを見つめる。沈黙。

カリャーエフ　（ドーラに）またね。僕……ロシアに幸せを。
ドーラ　（涙を流し）ロシアに幸せを。

カリャーエフはイコン〔ロシア正教の聖画像〕の前で十字を切る。そしてアネンコフと共に出て行く。ステパンが窓辺に行く。ドーラは動かずじっとカリャーエフが出て行ったドアを見つめている。

ステパン　（窓辺で）しっかりした足取りだ。俺は間違ってたよ、ヤネクを信頼していなかった。あいつの熱しやすいところが嫌いだったんだ。見た？　あいつ十字を切ったね。信者なのかな？
ドーラ　特にそうとは思えないけど。
ステパン　でも信仰心はあるんだな。そのせいで俺達はうまくいかなかったな。俺はあいつよりうんとがさつな人間さ、自分でもよく分かってる。俺達みたいに神を信じない人間に残されたものは正義、さもなければ絶望だ。
ドーラ　ヤネクにとっては正義そのものが絶望的なの。
ステパン　ああ、奴の心は弱い。だが腕前は大丈夫だ。そこが肝心だ。奴は大公を

ドーラ　殺る、必ずな。素晴らしい、本当に素晴らしいことだ。とにかく破壊すること、それだ。何故黙ってるんだい？（ドーラを観察して）ヤネクを愛してるのか？

ステパン　愛するには時間がいるわ。私達は正義を行なうことにしか時間を使えないもの。

ドーラ　その通りだな。やるべきことが多過ぎる、まずはこの世界を完全に崩壊させること……それから……（窓の外を見て）二人の姿が見えなくなった、劇場に着いたな。

ステパン　それから……？

ドーラ　愛し合うんだ。

ステパン　もし生きていればね。

ドーラ　死んでいたら、他の人間同士が愛し合う。それは同じことなんだ。

ステパン　ステパン、「憎しみ」って言ってみて。

ドーラ　え？

ステパン　言ってみて「憎しみ」って。

ドーラ　憎しみ。

ドーラ　そう。ヤネクはその言葉をちゃんと発音出来なかったの。

ステパンはちょっとの沈黙の後、彼女の方へ歩く。

ステパン　分かってる、俺のことを軽蔑してるんだろ。けど君、それって確信を持って言えるかい？（沈黙。それから激しさを増して）君達はくだらない愛とかいうもののせいで、いつでもそうやってウジウジとしているんだ。けど俺は、何も愛さない、憎む、そうだ憎むんだ、同志を仲間を！　愛がなんだって言うんだ？　俺はそれを三年前に知った、牢獄の中でな。そしてこの三年間それを背負って生きてきた。君は俺に、感動に涙ぐみながらキリストの十字架のように爆弾を背負えってか？　違う！　そんなんじゃない！　俺は既にもっととことんまで行ったんだ、色んなことを知り過ぎたんだ……見ろ……

彼は自分のシャツを引き裂く。ドーラが少し近寄る。そして身体の上の鞭の跡を見て後ずさる。

ステパン　この印を見ろ！　これが奴らの愛の印だ！　これでも俺を軽蔑するか？

ドーラはステパンの処へ行き、突然ハグする。

ドーラ　誰が苦悩を軽蔑などするもんですか。私もあなたを愛してるわ。

ステパン　（ドーラを見つめ、微かな声で）許してくれ、ドーラ。（間。顔をそむけて）多分、疲れてるんだ。長い年月の闘争、不安、裏切者、牢獄……そして最後はこれだ（背中の鞭の跡を指して）。俺のどこに人を愛する力が残っている？　俺の中に少なくとも残っているものといえば憎しみだけだ。それでも何の感情もないよりはマシだ。

ドーラ　そうね、マシだわ。

ステパンはドーラを見つめる。七時の教会の鐘が鳴る。ステパンは突然振り向く。

ステパン　大公がここを通るぞ。

ドーラ、窓辺に行きガラス戸に張り付く。長い沈黙。そして遠くから馬車の音。馬車は近付き、通り過ぎる。

ステパン　もし大公が一人で乗っていれば……

馬車は遠ざかる。すさまじい爆発音。ドーラはびくっとして手で顔を覆う。長い沈黙。

ステパン　ボリアは爆弾を投げない！　ヤネクがやったんだ。やったぞ！　ああ、人民達！　やったぞ！

ドーラはステパンに泣きながら崩れかかる。

ドーラ　私達が殺したのね、私達が殺したのね、私が。彼を。

ステパン　（叫んで）俺達が誰を殺したって？　ヤネクをか？

ドーラ　大公よ。

幕

第四幕

プトゥイルスカヤ監獄のプガチョフスカヤ塔内の独房。

朝。

幕が開くとカリャーエフが独房内に居て扉を見つめている。一人の看守と、手桶を持った一人の囚人が入って来る。

看守　(囚人に) 掃除しろ。急いでな。

看守は窓辺に行く。囚人のフォカがカリャーエフの方を見ずに掃除を始める。沈黙。

カリャーエフ　名前は？　同志。

フォカ　(小声で) フォカ。

カリャーエフ　受刑者かい？

フォカ　そうらしいやね。

カリャーエフ　何をやらかしたんだ？

フォカ　殺しだ。

カリャーエフ　腹が空いてて?

看守　声が大きい。

カリャーエフ　(看守に) 何だって?

看守　もっと小さい声で。規則で喋るのは禁止されてるのを見逃してやってるんだぞ。だから小さい声で話せ、そこのジジイみたいにな。

カリャーエフ　(小声で) 腹がへってたのか?

フォカ　いや、喉が渇いてたんだ。

カリャーエフ　それで?

フォカ　で、斧があった。奴らをメッタ打ちにした。多分三人だ。

カリャーエフは彼を見つめる。

フォカ　どしたね、旦那、もう俺のこと同志って呼ばないのかい? その気がなくなったかね?

カリャーエフ　いいや。僕も人を殺したんだ。

フォカ　何人？

カリャーエフ　お望みなら話すけどね、同志。一つだけ答えてくれ、自分のやったことを後悔してるんだろ？

フォカ　そりゃそうさ、二十年の刑は高くついたよ。あんたも後悔するさ。

カリャーエフ　二十年か。俺は二十三歳だから、ここを出る時はもう白髪だな。

フォカ　いやあ！　きっとうまくいくさ。裁判官も色々いるからさ。例えば女房持ちとか、その女房がどんな女かとかさ。あんたはちゃーんとした旦那だ。俺達みてえなしがない貧乏人とおんなじ相場にはならねえよ。うまく切り抜けるさ。

カリャーエフ　そうは思わない。それに僕はそんなこと望んでないんだよ。二十年もの間、恥をしのんで生きるなんて真っ平だ。

フォカ　恥？　恥ってどんな？　ふーん、つまりそういうのが旦那流の考えなんだね。で、何人殺ったんだい？

カリャーエフ　一人だけ。

フォカ　何だって？　そんなら大したこたねえよ。

カリャーエフ　セルゲイ大公を殺したんだ。

フォカ　え、大公？　あれまあ！　何てこった。あんたみたいな人がねえ！　そいつあ大層なえらいこったよ、なあ？

カリャーエフ　えらいことだ。でもやらなきゃならなかったんだ。

フォカ　けどまた何で？　あんた、宮廷で暮らしてたのか？　女がらみかい、ええ？　しっかしよくやったなあ……

カリャーエフ　僕は社会主義者なんだ。

看守　声が高い。

カリャーエフ　（もっと大きい声で）僕は革命社会主義者だ。

フォカ　そりゃまたおったまげた。何でまたそんなことになったんだい？　大人しくじーっとしてりゃ、この世は何だってうまくいくのにさ。この世は旦那方のためにあるんだから。

カリャーエフ　違う、この世は君のためにあるんだ。この世は貧困と犯罪で溢れている。貧困が少なくなれば、犯罪も減るんだ。もしこの世が自由であれば、君はこんな所にいなくてよくなるんだ。

フォカ　そうともそうでないとも言えるね。つまりさ、自由であろうがなかろうが、酒の飲み過ぎはいいこたねえよ。

カリャーエフ　その通りだ。だが人は抑圧されているから酒を飲むんだ。その日が来さえすれば、もう酒を飲む必要もない、自分を恥じることもない、もう金持ちも貧乏人もない。僕らはみんな兄弟になり、正義が僕らに澄み切った心をもたらすんだ。僕の言ってることが分かるかい？

フォカ　ああ、そいつあ神の国って言うんだ。

看守　声が高い。

カリャーエフ　そんなこと言っちゃいけないんだ、同志。神は何の役にも立たない。正義こそが全てなんだ！（沈黙）分からないかな？　君、聖ドミトリの伝説は知ってるかい？

フォカ　いや。

カリャーエフ　聖ドミトリは草原で神と会う約束があった、彼は急いでいた、その時、荷車がぬかるみにはまって困っている百姓に会ったんだ。それで彼は助けた。泥は厚く、ぬかるみは深かった。一時間も悪戦苦闘した。やっと終わり、聖ドミトリは神との約束の場所に駆け付けた。けど、神はもうそこにはいなかった。

フォカ　それで？

カリャーエフ　つまりさ、この世の中にはあまりに多くの、ぬかるみにはまった荷車があり、助けなきゃならない仲間がいるから、神に会うのにいつも遅刻しちまう者がいるってことさ。

フォカ、後ずさる。

カリャーエフ　どうしたい？

看守　声が大きい。おい、親父、さっさと仕事しろ。

フォカ　俺は信じないね、その話は全部どっか変だぜ。俺らが今牢屋にぶち込まれてることと、その聖人や荷車の話は関係ねえ。それにさ……

看守が笑う。

カリャーエフ　（フォカを見ながら）何だい？

フォカ　大公を殺した人間はどうなるのかね？

カリャーエフ　絞首刑だ。

フォカ　わあ！

看守がさらに大きな声で笑っている間、フォカは逃げ回る。

カリャーエフ　待てよ。僕が何かしたか？

フォカ　何もしてねえ。けど、あんた方みたいな旦那をだましたくねえんだ。こんな風にお喋りしてさ、こんな風にしてるのはさ、まずいんだよ、もしあんたが絞首刑にされるんならさ。

カリャーエフ　何故？

看守　（笑いながら）言ってやれ……

フォカ　つまりさ、あんたは俺に友達みたいな話し方をしちゃいけねえんだよ。だってさ、罪人の首をくくるのが俺の役目なんだ。

カリャーエフ　でも君だって囚人なんだろ？

フォカ　そうさ。お役人がその仕事を俺に持ちかけたんだ、つまりさ、罪人一人吊るすたんびに刑を一年帳消しにしてやるからって。悪い話じゃねえ。

カリャーエフ　君の罪を軽くする代わりに、別の罪を犯させるってワケだな？

フォカ　おい、これは犯罪じゃねえ、だって命令だもんな。お役人にとっちゃどうでもいいことさ。思うにさ、あいつらみんなクリスチャンじゃねえし。

カリャーエフ　今までに何回やったんだい？

フォカ　二回。

カリャーエフ、後ずさる。看守はフォカを押しながらドアの処に戻る。

カリャーエフ　つまり君は死刑執行人てワケだ。

フォカ　（ドアの処で）まあな、で旦那、あんたは？

二人は出て行く。足音と命令の声が聞こえる。看守と共にスクーラトフが入って来る。彼は非常に上品である。

スクーラトフ　（看守に）二人にしてくれ。

看守、出て行く。

スクーラトフ　はじめまして。私をご存知かな？　私の方はあなたを存じ上げている。(笑う) 有名ですからな、ねえ？ (カリャーエフを見つめる) 自己紹介させて頂いても？ (カリャーエフ、黙っている) お返事はなし。分かりました。黙秘、ですか？　八日間もの黙秘はお辛いでしょうなあ。しかし今日は黙秘はやめましょう、あなたに訪問者がありますのでな。そのために私は今ここにいるワケでして。私、まずフォカをここへ送り込みました。面白い奴でしょ？　きっとあなたが興味を持たれると思いましてね。お気に召しましたか？　八日間の幽閉の後で人の顔を見るのはいいもんでしょう、違いますか？

カリャーエフ　顔によりけりだ。

スクーラトフ　ああ、いいお声だ、お顔に合ってる。ご自身が望むことは分かってる、というお声だ。(間) 察するに、私の顔はお気に召さないと？

カリャーエフ　ああ。

スクーラトフ　そう言われて私ががっかりしたと？　そりゃ誤解だ、まずここは照明がひどいですからな。こんな地下室では、誰も感じが良くは見えないもんです。しかも、あなたは私をご存知ない。が、たとえ顔が不細工でもお互いの心を通わせれば……

カリャーエフ　やめろ、あんたは誰だ？

スクーラトフ　スクーラトフ、警視総監です。

カリャーエフ　下僕か。

スクーラトフ　あなたのね。でも私があなたの立場だったら、もっと謙虚な態度を取りますよ。ま、いずれそうなさるでしょうが。誰かが正義を求め始めると、結局は警察が立ち上がることになる。その上、私は真理という奴が怖くない。率直にお話ししましょう。あなたは実に興味深い方だ、だから私はあなたが恩赦を受けられる方法をお教えしたいのです。

カリャーエフ　恩赦ってなんの？

スクーラトフ　なんのとは？　当然あなたの命を救うことです。

カリャーエフ　誰に頼まれた？

スクーラトフ　一切誰からも。ただお受け取りになればいい。あなたは誰かを許したことは？（間）思い出して下さい。

カリャーエフ　僕は恩赦は金輪際お断りします。

スクーラトフ　まあ聞いて下さい。私はこう見えてもあなたの敵じゃあない。あなたのお考えが正しいことは認めています。暗殺の事実以外は……

カリャーエフ　暗殺という言葉は使うな。

スクーラトフ　（彼を見つめて）ああ！　あなたはとても神経質だ、そうですねえ？（間）私は本気であなたを助けたい。

カリャーエフ　助ける？　僕は自分のしたことを償う用意はある。だが、あんたのその馴れ馴れしい態度には我慢出来ない。僕を放っといてくれ。

スクーラトフ　あなたに科せられる起訴内容は……

カリャーエフ　訂正してくれ。

スクーラトフ　何か？

カリャーエフ　訂正だ。僕は捕虜であって、被告ではない。

スクーラトフ　どちらでも。しかしながら、被害は出ている、違いますか？　大公と政治のことは置いといてもです。少なくとも人間が死んだ。しかもひどい死に様で！

カリャーエフ　僕が爆弾を投げたのはあんた方の圧政に対してであって、人間にではない。

スクーラトフ　おそらく。しかしその爆弾を受けたのは一人の人間です。しかもひどい状態で。いいですか、見つかった死体には頭がなかった、影も形もなく！　残ったのは、片方の腕と脚の一部分だけ。

カリャーエフ　裁きを実行したのみだ。

スクーラトフ　そうでしょうとも。その裁きという奴を非難しているのじゃありません。しかしながら裁きとは何でしょう？　徹夜で議論しても尽きないことです。とにかく世間はあなたを非難……いや、この言葉はお気に召さんでしょう……そう、こう言いましょう、常軌を逸した素人のやったこと、それの結果は明白だ。全ての人が目撃したんだ。大公妃にお聞きになるといい。血の海、辺り一面血の海だったんです。

カリャーエフ　黙ってくれ。

スクーラトフ　いいでしょう。では簡単に申しましょう、あなたが言い張っている裁きとは党だけが判断して実行に移したもの、つまり大公は爆弾によってではなく思想によって殺された、ということは、あなたに恩赦は必要ない。しかしながら明白な事実に話を戻すとですね、こう想定出来る、つまり大公の頭をふっ飛ばしたのがあなた個人の仕業であるならば、全ては変わってくる、違いますか？　あなたは恩赦を受ける必要が出てくるということです。私はあなたをお助けしたいのです。純粋な好意からね、信じて下さい。（微笑む）あなたがどう思おうと、私は思想には興味がない、私は人間に興味があるんです。

カリャーエフ　（感情が爆発して）僕という人間はあんたやあんたの支配者よりはるか高みにいるんだ。あんたは僕を殺せる、だが僕を裁くことは出来ない。あんたの魂胆は分かっている。僕の弱点を探し、僕が恥じ入った態度を示し、涙を流して後悔するのを待ってるんだ。おあいにく様だ。僕がどういう人間かなんてあんたには関係ない。関係あるのは僕達の憎悪、僕と、僕の同志達のね。憎悪こそがあんた方のお役に立つんだ。

スクーラトフ　憎悪？　またしても思想ですな。思想ではないもの、それは殺人です。そしてもちろんその結果です。私が申し上げたいのはそのことへの後悔と罰です。それがこの話し合いの核心です。そもそもそういうことのために私は警官になった。物事の核心に触れるためです。だがあなたは打ち明け話はお好きではない。（間。ゆっくりとカリャーエフの方へ行って）私が申し上げたかったことはですね、あなたは大公の頭のことなんか知ったことではないというふりをしてはいかんということです。この点をよくご理解頂ければですね、思想なぞというものは何の役にも立たんということがお分かりになるかと。その結果あなたはご自分のしたことを誇りに思う代わりに恥じ入ることになるでしょう。そして恥というものを感じた瞬間から、あなたは罪を償うために生きたいと願うでしょう。一番重要なことは、あなたが生きる決心をなさることです。

カリャーエフ　で、もし僕がそれを決心したら？

スクーラトフ　あなたとあなたのお仲間に恩赦が授けられる。

カリャーエフ　彼等を逮捕したのか？

スクーラトフ　いや、今のところは。しかしあなたが生きることを決断なされば、我々はお仲間を逮捕します。

カリャーエフ　そういうことか？

スクーラトフ　そうです。今はまだお怒りになってはいけません、よくお考え下さい。思想の観点から言うと、あなたはお仲間を引き渡すことは出来ない。だが反対に明白な事実の観点から言うと、それが彼等を助けることになるのです。あなたはお仲間を新たな悩みや厄介事から解放し、同時に絞首刑から救い出すことになる。そして何よりまず、ご自身の心の平和を得られる。全ての点から見て、これは非常に有利な取引ですよ。

カリャーエフは黙っている。

スクーラトフ　いかがですか？

カリャーエフ　答えは同志達が出す。近いうちにね。

スクーラトフ　またしても犯罪ですか！　全くそういう資質なんですなあ。さて、私の任務はこれで終了です。残念ですなあ。だがあなたがご自身の思想にしがみついていることはよく分かりました。そこから引きはがすことは私には出来ません。

カリャーエフ　同志達からもね。

スクーラトフ　ではまた。（出て行くふりをして振り向く）あの時何故あなたは大公妃と甥たちを見逃したのですか？

カリャーエフ　誰に聞いた？

スクーラトフ　情報提供者がいましてね、教えてくれました。まあ、事の一部を……何

カリャーエフ　故見逃したんです？

スクーラトフ　あんたには関係ない。

（笑って）そうですか？　じゃ私から申し上げましょう。一つの思想として大公を殺すことは可能だ。しかしその思想は子供を殺すという行為は容易に出来ない。ね、あなたはこのことに気付かれたのでしょう。故に、ここで一つの疑問が生ずる、もしその思想が子供を殺すことは出来ないとしても、大公であれば殺すに値するというワケですか？

カリャーエフ、反応する。

スクーラトフ　ああ！　いやお答えにならないで下さい、私にはお答えにならなくていいのです！　大公妃にお答え下さい。

カリャーエフ　大公妃？

スクーラトフ　はい、大公妃はあなたに会いたがっておいでになる。私がここへ参りましたのも、あなたがこうした会話を出来る方かどうか確かめるためでしたので。大丈夫ですな。大公妃はあなたのお考えを変えようとなさるかもしれません、クリスチャンでいらっしゃいますから。魂というもの、あの方はそれにかけては専門家ですから。

スクーラトフ、笑う。

カリャーエフ　会いたくない。

スクーラトフ　残念ながら大公妃はとても会うことにこだわっていらっしゃるのです。とにかく、あの方にも敬意を表して下さい。大公が亡くなられてからすっかり心乱れていらっしゃるという噂です。ご機嫌を損ねたくないですので。（ドアの処で）もしご意見が変わったら私の提案を思い出して下さい。（間。耳を澄まして）お見えです。警察の後は宗教家！　全くあなたにはいいご迷惑ですね。でも筋は通っているのです。もし牢獄がなかったら神はどうなるでしょう。なんとも寂しいことですよ！

彼は出て行く。命令する声が聞こえる。大公妃が入って来る。じっと動かず、黙っている。ドアは開かれたまま。

カリャーエフ　ご用件は?
大公妃　(ヴェールを取って顔を見せる)私を見なさい。

カリャーエフ、黙っている。

大公妃　一人の男と共に多くのものが死んだのです。
カリャーエフ　分かってます。
大公妃　(自然体で、しかしやつれた小さい声で)いいえ、殺人者には分かりません。もし分かっていたなら何故あのような事が出来るでしょう?

沈黙。

カリャーエフ　こうしてお会いしました。もう僕を一人にして下さい。
大公妃　いいえ。私はお前をよく見たいの。

カリャーエフ、後ずさる。

大公妃　(疲れ切ったように座る) 私はもうこれ以上一人ではいられません。以前は、私が苦しんでいれば夫が私の苦しみを見ていてくれました。なので苦悩もまた甘美なものでした。でも今は……いいえ、私は一人でいることにも沈黙していることにも耐えられません……でも一体誰に向かって喋るのです？　誰も私の心を分かりません。みんな悲しいふりをしているだけなのです。そう、ほんの一、二時間はね。そして彼等は食事をしに、寝に行ってしまうのです。眠る、そう……お前はきっと今、私と同じなのでは、と思っていました。お前に眠りはない、きっとそう。そうして、殺人者以外に誰に殺人の話をすればいいのでしょう？

カリャーエフ　どの殺人？　僕は正義の行いをした記憶しかありません。

大公妃　同じ声！　お前の声はあの人のと同じ。そう、全ての殿方は正義について話す時、同じ声色になるのです。あの人はよく申しておりました。「これこそが正義だ！」と、すると周囲は沈黙するのです。あの人は間違っていたのかもしれません、そしてお前も……

カリャーエフ　大公は何世紀にも渡ってロシアの人民を苦しめてきた極悪の不正の象徴だったんだ。そうして彼だけが特権を与えられていた。もし僕が間違っていたとしても、こうして牢獄とそして死が僕への報いなんだ。

大公妃　ええ、お前は苦しんでいる。けれどあの人は、あの人はお前が殺した。

カリャーエフ　不意を突かれて死んだ。苦しみもない、なんてことない死に方だ。

大公妃　なんてことない？　（低く）そうね。お前はすぐに捕まった。そして警官に取り囲まれた真ん中で演説をしたようね。分かります。そうやって自分を鼓舞したのですね。私はその直後にそこに着きました。そして見ました。私、集められるものは全て担架の上に乗せました。あの血の海！　（間）私、白い服を着ておりました……

カリャーエフ　やめて下さい。

大公妃　どうして？　私は事実を申し上げているのです。亡くなる二時間前、あの人が何をしていたか分かりますか？　眠っていました。肘掛け椅子で、両足を小さい椅子に乗せて……いつものように。あの人は眠り、お前、お前はあの人を待っていた、残酷な夕暮の中で……（泣く）私を、助けて。

カリャーエフは緊張して後ずさる。

大公妃　お前は若い。真の悪人にはなれません。

カリャーエフ　僕には若いと感じる時間さえなかった。

大公妃　何故そのように頑《かたく》ななんです？　お前は自分自身に憐れみを感じたことはないのですか？

カリャーエフ　ありません。

大公妃　お前は間違っています。憐れみは気持ちを楽にするのですよ。私はもはや私自身以外に憐れみの気持ちを持ち合わせません。（間）苦しいのです。私のことなど見逃さずにあの人と一緒に殺して欲しかった。

カリャーエフ　僕はあなたを見逃したワケじゃない、一緒に居た子供達を見逃したんです。

大公妃　分かっています。私はあの子達が好きではありません。（間）あの子達は大公の甥と姪です。あの子達には伯父と同じ罪はなかったと言うのですか？

カリャーエフ　そうです。

大公妃　あの子達のことを知らないでしょ？　姪は悪い心の持ち主です。貧しい人達に対して施しを自分の手で渡すことを拒むのです。彼等を触るのが嫌だと言って。それは不正なことではありませんか？　あの子は不正の子です。大公は少なくとも農民たちを愛していました。彼等と一緒に酒を酌み交わしました。そしてお前はあの人を殺した。もちろん、お前も不正の人間です。この世には虚しさが溢れています。

カリャーエフ　無駄ですよ。あなたは僕の気力を奪い、絶望させようとしている。そうはいきません。僕を放っておいて下さい。

大公妃　罪を悔いて私と一緒に祈りませんか？　……そうすればもう私達は一人ぽっちではなくなります。

カリャーエフ　僕に死ぬ準備をさせて下さい、死ねなければ僕はただの殺人犯になってしまう。

大公妃　（立ち上がり）死ぬ？　死にたいって？　駄目です。（大きな動揺の中でカリャーエフの方へ行く）お前は生きるのです。そして自分が殺人犯だという事実を受け入れなさい。だってあの人を殺したでしょう？　神のみがお前を許して下さるのです。

カリャーエフ　どの神です？　僕の？　それともあなたの？
大公妃　教会にましますの神です。
カリャーエフ　教会なんてここでは何も出来ませんよ。
大公妃　教会は主に仕えています、そして主もまた牢獄をご存知です。
カリャーエフ　時代は変わったんです。教会は神の遺産の中から選んだのです。
大公妃　選んだ？　何をですか？
カリャーエフ　教会は神の与える愛だけは自分のために残し、我々には慈悲を与えるという役目を残したんだ。
大公妃　我々とは？
カリャーエフ　（叫んで）あんた方が絞首刑にする人間全部さ。

沈黙。

大公妃　（穏やかに）私はあなたの敵ではありません。
カリャーエフ　（絶望的に）敵です、あなたの一族、一味と同じように。いいか、犯罪者であることよりもっと下劣なことがある、それは望んでもいない人間に無理矢理犯罪を強いることだ。僕をよく見て下さい。僕は人を殺すために生まれて来たんじゃない。

大公妃　お願い、敵に向かって喋るような言い方はしないで下さい、待って。（独房のドアを閉めに行く）さあ、私達は二人きりです。（泣く）私達の住む世界は異なります、でも神の許であなたは私と一緒になれるのです、たとえそこが不幸な場所であっても。とにかく私と一緒に祈って下さい。

カリャーエフ　お断りします。（彼女の方へ行く）僕はあなたに同情しか感じません、あなたは僕の心に触れた。それならもう僕が何も隠し事をしていないことがお判りでしょう、神に会うことなど考えにありません。でも死にゆく時には、僕はまさに会うと決めた僕の愛する者たち、その瞬間、僕のことを想ってくれている同志達と共にいるでしょう。

大公妃　何を仰りたいの？

カリャーエフ　（興奮して）何も、僕が幸福になるということ以外は。僕は長い闘いに堪えて来た、そしてこの先も耐えて行く。けれど判決が下りて処刑が決まった時、絞首台の足許で僕は離れて行くんだ、あなた方から、この忌まわしい世界から。そして僕は僕を満たす愛に身を任せて行くんだ。僕の言ってること、分かりますか？

大公妃　神なくして愛はありません。

カリャーエフ　ありますとも。人類への愛です。

大公妃　人類とは卑しいものです。滅ぼすか赦《ゆる》すことの他に何が出来るでしょう？

カリャーエフ　人類と共に死ぬことが出来ます。

大公妃　人は独りで死ぬのです。あの人も独りで死にました。

カリャーエフ　（絶望的に）人類と共に死ぬんだ！　我々は結ばれたいと思うなら、今日愛し合うもの同士は一緒に死ななければならない。そうして結ばれるんだ。反対に、不正は人間を引き離すんだ、恥辱で、苦悩で、他人を傷付ける悪で、犯罪で我々を引き離すんだ。そういう人生は責め苦そのものだ。

大公妃　神が私達を結び付けて下さいます。

カリャーエフ　だがこの世においてではない。僕らの言っている結び付きは、この現世においてなんだ。

大公妃　そんな結び付きは犬と同じです、地面に鼻をこすりつけていつも嗅ぎ

カリャーエフ　回って、いつも裏切られるのです。（窓の方へ目を背けて）もうすぐ分かるさ。（間）全ての歓びを諦めた二人の人間が、苦悩の中でしか愛し合えないのだとは考えられませんか？　そういう形でしか結ばれない人間がいると。（大公妃を見つめて）そのようにして同じ縄が二人の人間を結び付けるとは考えられませんか？

大公妃　何という怖ろしい愛なの？

カリャーエフ　あなたやあなたの仲間が僕達にそういう愛しか許さなかったからだ。

大公妃　私もあなたが殺したあの人を愛していたのです。

カリャーエフ　分かってます。だから僕はあなたとあなたの仲間達が僕にしたことを許します。（間）さあ、もうそっとしておいて下さい。

沈黙。

大公妃　（立ち上がり）分かりました。けれど私がここへ来た理由はあなたを神の許へ連れて行くことです、今それを確信します。あなたは自分自身で己を裁き、自分自身で己を救おうと願っています。それは許されません。それは神のみが出来る業《わざ》なのです、もしあなたが生き続けるならば。私はあなたの恩赦を願い出ましょう。

カリャーエフ　頼む、それだけはやめて下さい。僕を死なせて下さい、さもないと僕はどれほどあなたを憎むか。

大公妃　（ドアの処で）私はあなたの恩赦を願い出ます。皆に、そして神に。

カリャーエフ　駄目だ、絶対にそんなことは許さない。

大公妃、去る。カリャーエフはドアへ走り寄る、とそこにスクーラトフがいる。カリャーエフは後ずさりし、目を閉じる。沈黙。カリャーエフは改めてスクーラトフを見る。

カリャーエフ　あんたに会いたかった。

スクーラトフ　嬉しそうですね。何故でしょう？

カリャーエフ　あんたを改めて軽蔑し直したかったんだ。

スクーラトフ　そりゃ残念です、私はあなたのお返事をうかがいに来たんですが。

カリャーエフ　今言った。

スクーラトフ　(調子を変えて) いえ、まだです。私はね、明日の新聞にこのニュースを載せるため、あなたと大公妃の会見をお膳立てしたんですよ。その記事は正確なものとなるでしょう、一つの点を除いてはね。その内容はあなたが罪を悔いているという告白になります。あなたのお仲間はあなたが彼等を裏切ったんだと思われるでしょう。

カリャーエフ　(静かに) そんなことをみんなが信じるもんか。

スクーラトフ　ご自身ですすんで告白をされるおつもりになれば、私は記事の発行を止めますよ。決心されるなら今夜中に。

スクーラトフは再びドアの方へ行く。

カリャーエフ　(さらに強く) 同志達は信じないぞ。

スクーラトフ　(振り向いて) どうして? 彼等が一度も罪を犯してないとでも?

カリャーエフ　あんたは彼等の愛を分かってないんだ。

スクーラトフ　分かりません。しかしこれだけは分かります、同胞愛なんぞというものが丸一晩、一分たりとも揺るがないなんてことはあり得ませんな。そう、私はその挫折の時を待ちます。（背後でドアを閉めて）お急ぎになることはありません。私は辛抱強い性質《たち》でしてね。

二人、見つめ合ったまま。

幕

第五幕

前場とは別のアパートの部屋、しかし造りは同じ。
一週間後。夜。

ドーラとアネンコフ。沈黙。ドーラ、部屋の中を行ったり来たりしている。

アネンコフ　休みなさい、ドーラ。
ドーラ　寒いわ。
アネンコフ　こっちへ来て横になりたまえ。毛布をかけて。
ドーラ　（相変わらず歩いて）長い夜ね、なんて寒いの、ボリア。

ドアのノックの音。一度それから二度。アネンコフ、開けに行く。ステパンとヴォワノフが入って来る、ヴォワノフはドーラの処へ行きハグをする。ドーラはヴォワノフにぴったり身を寄せる。

ドーラ　アレクセイ！
ステパン　オルロフの情報では今夜になりそうだ。非番の下士官達全員が召集され

アネンコフ　た。だからオルロフも立ち会うことになる。
ステパン　オルロフとはどこで会うんだ？
アネンコフ　彼はソフィスカヤ通りのレストランでヴォワノフと僕を待つことになってる。
ドーラ　（がっくりと座って）今夜なのね、ボリア。
アネンコフ　諦めるのはまだ早い、決定は皇帝次第だ。
ステパン　ヤネクが恩赦を願い出れば決定は皇帝がする。
ドーラ　あの人はそんなことしないわ。
ステパン　恩赦のためじゃないとしたら、何故彼は大公妃に会ったりしたんだ？　大公妃はヤネクが後悔していると、あちこちでみんなに言わせたんだぜ。真実はどうなのかなんて分からないだろ？
ドーラ　私達は彼が法廷でした証言も、私達にくれた手紙も知ってるじゃないの。専制政治への反逆のために、自由に使える命がたった一つしかないなんて残念だって、ヤネクは言ったのよ。そんな発言をした人が、恩赦を願い出たり罪を悔いたりすると思う？　いいえ、彼は死を望んでいるのよ。今でもそうよ、あの人の行動は決して否定されたりしないわ。

ステパン　大公妃に会ったのは間違いだったな。
ドーラ　それは彼が判断することよ。
ステパン　我々の規則では会ってはいけなかったんだ。
ドーラ　私達の規則とは殺すこと、それだけよ。今やっと彼は自由になったの、自由に、とうとう。
ステパン　まだだ。
ドーラ　いいえ自由よ。死を目の前にした彼は何でも思い通りにする権利があるわ。だってもうすぐ死ぬんですもの、みんな喜びましょう！
アネンコフ　ドーラ！
ドーラ　いいえそうなのよ。もし恩赦なんかになったら、とんだ勝利だわ！　そうなったらそれは大公妃の言ったことが正しくて、ヤネクは後悔して私達を裏切ったという証拠よ。でも反対にもし彼が死ねば、あなた達みんな、もう一度彼を信じて、もう一度愛することが出来るのよ。(みんなを見つめて) あなた達の愛の代償は高いのよ。
ヴォワノフ　(ドーラに近寄り) ドーラ、僕らは一度もヤネクを疑ったりしてないよ。
ドーラ　(行ったり来たりしながら) ええ……そうね、多分……ごめんなさい。け

ヴォワノフ　どとにかく、どうでもいいのよ！　今夜全てが分かるわ……ああ！　アレクセイ、可哀想に、あなたここへは何しに来たの？

ヤネクの代わりさ。彼の訴訟の陳述を読んで僕は誇らしかった。泣いてしまったよ。特に「涙と血に覆われたこの世界に対して、僕の死は最高の抗議になるだろう……」その部分で僕は身の震えが止まらなくなった。

ドーラ　涙と血に覆われた世界……そう彼はいつもそう言ってたわ、本当にその通りだわ。

ヴォワノフ　ああ、そう言った……ドーラ、何という勇気だろうね！　そして最後の部分は、彼の心の叫びだった、「もし僕が暴力というものに対する人間としての抗議の高みに到達するならば、その思想の純粋さによって、僕の業績に死が栄誉を与えてくれるだろう」

ドーラ　（両手で顔を隠して）そう、実際彼は純粋さを求めていたのよ。でもなんて怖ろしい栄誉なの！

ヴォワノフ　泣かないで、ドーラ。彼は自分が死ぬことで誰にも泣かないで欲しいと言ったよ。ああ、今僕は彼のことが本当に理解出来る。彼を疑うなんて出来ない。僕は自分が臆病だったことにずっと苦しんでいた。そしてトビリシ〔グルジア。現在のジョージアの首都〕で爆弾を投げたんだ。もう僕はヤネクと同じだぞ。彼の刑の宣告を聞いた時、僕の頭には一つの考えしか浮かばなかった、僕が彼の代わりになる、だって僕は彼の傍にいてやれなかったんだから。

ドーラ でも今夜は誰にあの人の代わりが出来るの！　あの人は一人ぽっちよ、アレクセイ。

ヴォワノフ 僕らは僕らの誇りを持って彼の支えにならなくちゃ、彼が模範を示して僕らの支えになってくれたんだから。さ、泣かないで。

ドーラ 見て。私の眼は乾いているわ。でも誇りを持つなんて、ああ、駄目よ、私にはそんなこと出来ない！

ステパン ドーラ、俺を誤解して欲しくないんだが、俺はヤネクに生きて欲しいと思っている。我々には彼のような人間が必要なんだ。

ドーラ あの人は生きることなんて望んでないわ。そして私達はあの人の死を願わなきゃいけないのよ。

アネンコフ 君、どうかしてるぞ。

ドーラ いいえ、願うべきなのよ。私にはあの人の心が分かってる。あの人はそうやって平安を得るのよ。ええ、そうよ、死ぬべきなのよ！（さらに低く）それも早く。

ステパン　じゃ僕は行くよ、ボリア。行こう、アレクセイ。オルロフが待ってる。

アネンコフ　そうだな、早く戻って来いよ。

ステパンとヴォワノフはドアの処に行く。ステパンがドーラの横顔を見つめる。

ステパン　これから全て分かる。（アネンコフに）ドーラを頼むぞ。

二人、出て行く。ドーラは窓辺に行く。アネンコフはドーラを見つめる。

ドーラ　死！　絞首台！　そして再び死！　ああ！　ボリア！

アネンコフ　そうだ、ドーラ、だが他に解決はないんだ。

ドーラ　そんなこと言わないで。唯一の解決が死なら、私達は正しい道にいるのではないわ。正しい道とは、私達を生きることへ、太陽の許へ導いてくれるものよ。こんな、ずっと続く寒さの中なんて……

アネンコフ　それも生きることへの道だよ。他の人間達の生命への道だ。ロシアは生きて行く、僕達の孫が生きて行く。ヤネクが言った言葉、覚えてる？「ロシアは輝くんだ」。

ドーラ　他の人間達、私達の孫たち……そうね。でもヤネクは牢獄にいて、絞首台の縄は冷たいわ。彼はもうすぐ死ぬ。いえ、もしかしたらもう死んでるかも、他の人間達を生かすために。ああ、ボリア！　もしその、他の人間達が生きて行かれなかったら？　もし彼の死が無駄だったら？

アネンコフ　やめるんだ。

沈黙。

ドーラ　何て寒いの。もう春なのに。牢獄の中庭には樹が何本もあるのよ、私知ってるの。ヤネクはきっとそれを見るわね。

アネンコフ　報せを待つんだ。そんな風に震えないで。

ドーラ　自分がもう死んでいるような寒さだわ。（間）全てのことが私達をこんなに早く老いさせるの。もう二度と、決して子供のような気持ちには戻れないわ、ボリア。初めて人を殺したその時から子供時代は消え去ったの。私が爆弾を投げるその瞬間に、そう、その時私の人生の全てが過ぎ去って行くんだわ。そう、私達これからは死ぬことが出来る。私達はもう人生をひと周りしてしまったのよ。

アネンコフ　だから我々は闘いながら死ぬんだ、人間はみんなそうだ。

ドーラ　あなた達は早く走り過ぎたの。あなた達はもう人間じゃないのよ。

アネンコフ　不幸と悲惨も同じように早く走り過ぎたんだ。この世にはもう忍耐や熟慮のための場所はなくなってしまった。ロシアは急を要しているんだ。

ドーラ　分かってるわ。私達はこの世界の不幸を引き受けたの。ヤネクもそう。何ていう勇気！　でも時としてそれはいずれ罰せられる傲慢なのでは、と思うことがあるわ。

アネンコフ　その傲慢のために僕達は自分の命を支払うんだ。誰もそれ以上のことは出来ない。僕達が持つ権利のある傲慢なんだ。

ドーラ　誰もそれ以上のことは出来ない、本当にそうかしら？　私時々ステパンの言うことを聞いていると怖くなるの。別の人間がやって来て私達を盾にとって、殺人をするの、そして自分達の命は代償にしないって。

アネンコフ　それは卑怯者のすることだ、ドーラ。

ドーラ　どうして分かる？　もしかしたらそれが正義というものかもしれない。そしてもう誰も正面から正義に面と向かうことをしないのじゃないかって。

アネンコフ　ドーラ！

ドーラは黙る。

アネンコフ　君は疑っているのか？　君らしくもない。

ドーラ　寒いわ。私、ヤネクのことを考えるの、怖がってると思われないように、震えることをこらえてるんじゃないかって。

アネンコフ　じゃ君はもう我々の仲間じゃないのか？

ドーラ　（アネンコフに身を投げて）ああ、ボリア、私はあなた達と一緒にいるわ！　最後までやるわ。私は圧政を憎んでいるの、そして分かってるの、他に方法はないって。この道を選んだ時、そこには喜びがあったのよ、

ドーラ　でも今は悲しみをかろうじて耐えているの。とても違ってしまった。私達はまるで囚人ね。

アネンコフ　ロシア全体が牢獄なんだ。僕達がその壁を粉々にするんだ。

ドーラ　それなら私に爆弾さえ渡してくれればいいの、そうすれば分かるわ。私は炎の真ん中に進んで行く、しっかりした足取りでね。簡単なことよ、矛盾の世界で生きるより、それのために死ぬ方がずっと易しいわ。あなた、誰かを愛したことある？　せめて誰かを、一度でも、ボリア？

アネンコフ　あるよ、でもずっと昔のことだ、もうよく覚えてないよ。

ドーラ　どのくらい前？

アネンコフ　四年。

ドーラ　この組織でリーダーになって何年？

アネンコフ　四年。（間）今僕が愛しているのは組織だよ。

ドーラ　（窓の方へ歩いて）愛する、そう、そして愛される！　……ダメ、前へ進まなきゃ。誰でも立ち止まりたい。進むの！　進むの！　誰でも力を抜いて投げやりになりたい。でも薄汚れた不正が私達にしつこく粘りついてくる。進むの！　そう私達は自分自身より偉大になることを運命づけられてる。人間達、その顔を、誰もが愛したい。正義よりむしろ愛を！　いえ、ダメ、進まなくては。進むの、ドーラ！　進むの、ヤネク！　（泣く）でもあの人はもうすぐ死ぬわ。

アネンコフ、ドーラを腕に抱きしめて。

アネンコフ　きっと恩赦になるよ。

ドーラ　（彼を見つめながら）あり得ない。そんなことがあってはいけないのよ。

アネンコフは目をそむける。

ドーラ　あの人、きっともう中庭に出てるわ。彼が姿を現した瞬間、全員が突然沈黙する。ヤネク、寒くないといいけど。ボリア、絞首刑ってどうやるの？

アネンコフ　縄の先に……もうやめろ、ドーラ！

ドーラ　（我を忘れて）死刑執行人が肩に襲いかかる。首が乾いた音をたてる。そうね？　怖ろしいわ。

アネンコフ　ああ。ある意味ではね。だが別の意味でそれは幸福なんだ。

ドーラ　幸福？

アネンコフ　死ぬ前に誰かの手のぬくもりを感じることはね。

ドーラ、肘掛け椅子に身を投げる。沈黙。

アネンコフ　ドーラ、そろそろここを出発しなくては。僕らは少し休息を取るんだ。

ドーラ　（取り乱して）出発？　誰と？

アネンコフ　僕とだ、ドーラ。

ドーラ　（彼を見つめて）出発！　（窓の方へ顔をそむける）ほら、夜が明けるわ。ヤネクはもう死んだのね、私には分かるわ。

アネンコフ　僕は君の同志だよ、ドーラ。

ドーラ　ええ、あなたは私の同志よ、そしてあなた方みんなが私の愛する同志だわ。（雨の音。外が明るくなってくる。ドーラは低い声で喋る）けれど時として同胞愛というものはぞっとするようなものよ！

ドアのノックの音。ヴォワノフとステパンが入って来る。
全員動かない。ドーラはよろめくが努力して気を取り直す。

ステパン　(低い声で) ヤネクは裏切らなかった。
アネンコフ　オルロフは立ち会えたのか?
ステパン　ああ。
ドーラ　(しっかりと進みながら) 座って。そして話して。
ステパン　話してどうなる?
ドーラ　全部話して。私には知る権利があるわ。どうしても聞かせて。詳しくね。
ステパン　どうやって、それにもう出発しないと。
ドーラ　いいえ話して。死刑の通告はいつだったの?
ステパン　夜の十時だ。
ドーラ　絞首刑の時刻は?
ステパン　朝の二時だ。
ドーラ　じゃあの人は、四時間待ったのね?

ステパン　ああ、一言も喋らなかったそうだ。それからはあっという間。そして終わった。
ドーラ　四時間も無言で？　それから？　あの人の服装は？　コートは着てた？
ステパン　いや。黒ずくめの服で、コートはなしだ。あと黒のフェルト帽をかぶって。
ドーラ　その時の天候は？
ステパン　真っ暗でね。雪が汚れていたって。その上雨が積もった雪をグシャグシャにしていた。
ドーラ　あの人震えてた？
ステパン　いいや。
ドーラ　オルロフは彼と目を合わせたのかしら？
ステパン　いいや。
ドーラ　あの人何を見ていたの？
ステパン　オルロフが言うには、そこに居る全員を、うつろな目でね。
ドーラ　それから、それから？
ステパン　もうやめてくれ、ドーラ。

ドーラ　いいえ、私知りたいの。彼の死は少なくとも私のものでもあるのよ。
ステパン　判決文が読まれた。
ドーラ　その間のあの人の様子は？
ステパン　何も。一度だけ足を振って靴についた少しの泥を払ったそうだ。
ドーラ　（手で顔を覆って）少しの泥！
アネンコフ　（突然）どうしてそんなことが分かるんだ？

ステパン、黙る。

アネンコフ　そんなことまでオルロフに聞いたのか？　何故だ？
ステパン　（目をそらして）ヤネクと俺の間には何かがあったんだ。
アネンコフ　何なんだ？
ステパン　俺はあいつが羨ましかった。
ドーラ　それから、ステパン、それから？
ステパン　フロレンスキ神父が来て、彼に十字架を差し出した。彼は十字架にキスすることを拒んだ。そして宣言したんだ、「既に申し上げたように僕の

ドーラ　人生は終わった、そして死をもって清算する」と。
ステパン　どんな声で？
ドーラ　きちんと、しっかりと。俺達が知ってるいつものあいつよりもっと興奮もいら立ちもなく。
アネンコフ　幸せそうだった？
ドーラ　あり得ないだろ？
　いえそうよ、そうに決まってる、幸せそうだったのよ。犠牲的行為という立派な心構えをして、そしてそのためにこの人生での幸福を拒否した人が、自分の死に際して幸福を得られなかったとしたらそれはあんまりよ、不当よ。あの人は幸福感の中で静かに絞首台に向かって歩いた、そうでしょう？
ステパン　彼は歩いて行った。下の方にある川のほとりで誰かがアコーディオンを弾きながら歌を唄っていた。同じ時に犬たちが吠えた。
ドーラ　そしてあの人は登って行った……
ステパン　登って行った。夜の闇の中に溶け込んで。死刑執行人が彼の身体にすっぽり被せた経帷子《きょうかたびら》の白い色がうっすらと闇に浮かんだ。

ドーラ　それから、それから……

ステパン　鈍い音。

ドーラ　鈍い音。ヤネク！　そして……

ステパンは黙る。

ドーラ　（激しく）それからって聞いてるの。（ステパンは黙っている）アレクセイ、話して、それから？

ヴォワノフ　怖ろしい音が。

ドーラ　ああ。（壁に身を投げる）

ステパンは顔をそむける。アネンコフは無表情のまま泣く。ドーラが振り向き、壁を背にしてみんなを見る。

ドーラ　（変わってしまった声で、取り乱して）泣かないで。だめだめ、泣いてはだめ！　分かったでしょ、これは私達が正当化された日なのよ。この瞬間に何かが湧き上がったの、私達の、別の意味での反逆の証しに到達したの。ヤネクはもう殺人者ではないわ。怖ろしい音！　そう、その怖ろしい音と共にあの人は、ほら、子供時代の喜びの中に戻って行ったのよ。あの人の笑い顔を覚えてる？　あの人時々ワケもなく笑ったわ。まるで若者のように！　今こそきっとあの人笑ってるわ。笑ってるわ、この世界に向かって！

ドーラはアネンコフの処に行く。

ドーラ　ボリア、あなたは私の同志よね？　私を助けてくれるって言ったわよね？

アネンコフ　ああ。

ドーラ　じゃあやって、私のために。爆弾をちょうだい。

アネンコフはドーラを見つめる。

ドーラ　そうよ、次の機会の時。私、投げたいの。私、最初に投げる役目になりたいの。*訳註
アネンコフ　分かってるだろ、僕らは女性を最前線に立たせたくないんだ。
ドーラ　（叫んで）今でも私は女？

一同、彼女を見つめる。沈黙。

ヴォワノフ　（穏やかに）承諾してくれ、ボリア。
ステパン　ああ、聞いてやれ。
アネンコフ　だが次は君の番だったんだぜ、ステパン。
ステパン　（ドーラを見つめながら）聞いてやれ。彼女は今や俺と同じに、その役目にふさわしい。
ドーラ　渡してくれるわね、そうでしょ？　私、投げるわ。投げてそして、しばらくしたら、寒い夜の中で……
アネンコフ　そうだな、ドーラ。
ドーラ　（泣きながら）ヤネク！　同じ寒い夜に、あなたと同じ縄で！　何もかも

簡単なことよ、今となっては。

幕

＊訳註　「私、最初に投げる役目になりたいの」は別の訳の可能性もあります。「爆弾を投げる最初の女性に（あるいは、「女」に）なりたいの」。この二つは、原文では同じ文章が同時に二つの意味を持ちます。フランス語の「最初の人」という名詞が女性形であるためです。（ドーラが女性なので）。日本語に女性形・男性形がないため、翻訳では表現出来ません。演出の方針で選択して頂ければと思います。

劇団俳優座No.３４４『正義の人びと』
作：アルベール・カミュ／翻訳：中村まり子／演出：小笠原響

〈スタッフ〉
美術：土岐研一／照明：山口暁／音響：藤平美保子／音楽：日高哲英
衣装：仲村祐妃子／舞台監督：川口浩三／制作：劇団俳優座演劇制作部

〈キャスト〉
ドーラ・ドゥルボフ：荒木真有美／大公妃：若井なおみ／イヴァン・カリャーエフ：齋藤隆介／ステパン・フェドロフ：田中茂弘／ボリス・アネンコフ：千賀功嗣／アレクセイ・ヴォワノフ：八柳豪／スクーラトフ：河内浩／フォカ：塩山誠司／看守：杉林健生

二〇二一年一月二十二日〜三十一日（全八回公演）／俳優座劇場

訳者あとがき

私の生業はもう半世紀以上、役者であります。しかしながら、自分主宰の演劇プロデュース・ユニット〈パニック・シアター〉を持ってしまったために、劇作・演出・翻訳などに手を染めて、何足もの草鞋を履く羽目になりました。一九九〇年代からです。こうなった動機はいたって不純です。観客数百人程度の小劇場での上演が常のパニック・シアターの予算では、到底外部の方に脚本料、演出料、翻訳料が払えない！これが理由なのです。自分でやるしかありません。情けないにも程があります。しかし演劇の神様というものは捨てたもんじゃなく、こんな境遇の私にどうやら劇作、演出、翻訳の才能をそこそこ与えて下さったのです。感謝しかありません。

私がフランス語を学ぶきっかけとなったのは、一九七二年に演技の勉強のため、パリに演劇留学したことです。どうしてもこの人に習いたい！と惚れ込んだ先生の元で学ぶため、一年間、東京のアテネ・フランセへ通いました。文法や会話をはじめ、あらゆるクラスを受けての猛勉強でした。あとは現地で自然なフランス語を身に付け、帰国してからもせっかく身に付けたフランス語を忘れないために、何度もアテネ・フランセに通いました。そんな訳で、私は大学も出ていないし、特にフランス文学を専攻した経験もありません。ただひたすらフランスの小説を読み漁っていました。お気に入りはフランソワーズ・サガンでしたが、ある日カミュの『異邦人』に少なからずのショックを受け、二十代の私は原書を買って、この不条理な小説に辞書片手に没頭しました。まさかまさか、何十年後にこの人、アルベール・カミュの戯曲を翻訳する身になろうとは一ミリも想像していませんでした。

二〇二〇年秋に、演出家の小笠原響さんから突然、カミュの『正義の人びと』のドラマトゥルクというのをやって欲しいと依頼されました。ドラマトゥルクというのは……原書を読んで、現在ある日本語翻訳版の台本に手を入れること……言ってみればそんな作業なのですが、これは非常に面倒な仕事で、それならいっそ、ゼロから私に翻訳させて欲しいと返事しました。こっちの方が作業としては楽なのです。さてしかし、いざ取り組んでみるとカミュさん、その台詞の言葉は比較的平明で、難解な単語は使っていないのですが、何しろその文脈が怖ろしく理屈っぽいのです！　さすがの思想家です。私は翻訳を安請け合いしたことを後悔し始めていました。けれど、この戯曲には作者カミュの、それぞれの登場人物一人一人に対する細やかな愛が溢れていました。帝政ロシア時代に実際に存在した革命社会主義党のテロリスト・グループの若者たち、彼等は全てのロシア国民のための、新しい世界を夢見て、自らの命を投げ出す覚悟をしているのですが、その日々の中での心の葛藤や焦燥感や恋愛感情は痛々しくこちらの胸に響いてきます。カミュがどれほどの愛情を持ってこの、実在した若者たちを舞台上に造形していったか、訳しながらしばしば涙が溢れてきました。

二〇二一年一月に劇団俳優座で上演されたこの『正義の人びと』は大成功と言ってよい出来だったと思います。こうしたジャンルの演劇はやはり、寄せ集めのプロデュース公演ではなく、しっかりしたリアリズムの演技術を持つ、同じ劇団内の役者たちのアンサンブルで演じることで、素晴らしい舞台効果が出ることに気が付きました。演劇というものは演出・俳優・スタッフ・舞台装置などなど全てのものが同等に関わって創る総合芸術です。この公演はそれを達成して、カミュの作品の世界観を表出したと感じました。客席にいた私はこの芝居を観ながら、この若きテロリスト達が夢見た「理想の世界」の行き着いた先が「ソヴィエト連邦」だったことに、少なからず悲しみを覚えていました。カミュは「ソ連」という国家に対して当時、どのような思いを持ち、そして、この作品を通じて何を訴えようとしたのか、私の頭と心の中はグルグルと眩暈と戸惑いを起こしていました。

本書『正義の人びと』*Les Justes* の翻訳にあたっては、ガリマール社の一九七七年改訂新版を参照しました。

最後に、この戯曲を翻訳するに当って、この芝居を実際に上演する際に俳優が喋りやすく、また観客が耳で聞いて分かりやすい台詞にすることを何より考慮し、細心の注意を払いました。故に、机上で訳している最中、役者の私は台詞を声に出してブツブツ言いながら作業致しました。

訳すに当っては、白井健三郎氏（新潮社、一九六九年刊行）の先訳におおいに恩恵を受けましたことを、心から感謝致します。

二〇二三年十月

中村まり子

〈対談〉『正義の人びと』について

俳優　篠井　英介
俳優、翻訳家　中村まり子
（司会・藤原良雄）

現代に生きる作品

――このカミュの戯曲『正義の人びと』は二十世紀初頭のロシアを舞台とした若き革命的社会主義者たちの群像劇です。初上演は『ペスト』刊行から二年後の一九四九年で、第二次世界大戦後の混乱期でした。篠井英介さんもこの戯曲の舞台に出演経験がおありとうかがいました。中村まり子さんの翻訳の妙についてなど、同じ役者としての立場から存分に語り合っていただきたいと思います。

篠井　一九九六年に、（小劇場の）「シアタートップス」で、強硬派のステパン、そして牢獄で実行犯のカリャーエフに面会する大公妃、この二役をやりました。中村まり子さん、いつもどおりまりちゃんと呼ばせてもらいますね、の翻訳を読ませていただいたけど、本当にわかりやすかった。ああ、こんな芝居だったのかと思いましたね。前に演じたときには、よくわからないところがあった。フランス文学者の白井健三郎さんの翻訳(一九六九年)でした。

中村 私も白井さんの訳を読んだんですけど、立派だけど論文みたいな文章なの。これはしゃべれないよね、と思いました。

篠井 昔の文学者は、何か文学的価値の方を優位にして、役者が血肉にして発する言葉ということをあまり考えないものがけっこうあるんですよね。

中村 お客さんが耳で聞いてわからなければ、意味がないですよね。

篠井 俳優座がまりちゃんに依頼したのは大正解で、役者さんが自分で演じたらどうなるだろう、自分が声を発したらどうなるだろう、ということを常に考えて訳されていると思うので、血肉の通った人物になっていると思います。役者が翻訳するというのは、本当に画期的だと思います。

中村 自分がやっている劇団はお金がないから、フランスの現代物をやるときに自分で翻訳していたのがきっかけですが、まさか俳優座からカミュを、と言われるとは思わなかった。カミュは、私がこれまでやってきたような、やわらかい芝居とは全然違います。『正義の人びと』は一見割と平明な、いまどきと同じようなフランス語で書かれていますが、読んでいくと実はものすごく理屈っぽい。哲学者だし、思想家だし。私の翻訳経験の中で、こんなに理屈をこねる人は知らない、というぐらい理屈っぽかった。

篠井　『正義の人びと』に関しては、テーマがテーマなので、どうしても理屈っぽくなるでしょうね。でもこの翻訳はすごくわかりやすい。まりちゃんの翻訳がうまいからだと思うんだけど、いい芝居だなと思いました（笑）。すごくいい台詞が散りばめられていて、普遍性があって、胸にくる台詞がいっぱいありました、ほんとに。すばらしい。

中村　ドーラとカリャーエフ（ヤネク）は恋人同士ですよね？　革命家なんだけれど、その恋愛関係が、白井さんの翻訳だとわからないの。ラブシーンがラブシーンになってないのね。

篠井　なってないですね。会話劇だから、なかなかそれ以上のことはできなかったと思いますけれどね。僕が演じた時、「大公妃をやらせてくれるなら、ステパンもやってもいい」って頼んだんだよ。僕は女形なので、ステパン一役だと、モチベーションがもたないと思った。

中村　大公妃はぴったりよ、英介さんに。ステパンはこの中でも一番先鋭的で、とんがっている。すごく嫌なやつじゃない？　どちらかというとマッチョな部分が出ないといけない。それと大公妃と二役やるって、一八〇度違うのに……

篠井　だからできるんですよ。まったく違うから。男性と女性というところでも大きく違うんだけど、思想的に全然違う。だからできると思う。当時の僕は三十八歳ぐらい。革命だの思想だのなんていうのは、当時の僕はもう大人なのに、ないんですよ、政治的な感性とか、世間に対する不満とか。そういうものが全然わかっていなくてステパンをやっていたと思います。今、コロナ禍の中で、自分たちに政治が密接になってきている。黙っていいの、みたいな気持ちに、今なっています。今これをまりちゃんが翻訳し、演じ、そして出版する意味が、すごくあると思いますね。

――平和なときには、国家というのは顔を出してこないんだけども、こういうちょっとおかしなことになると国家が顔を出してきて、抑えてくるんですよね。ところが、抑えられても抑えられているように感じない国民に今なっています。

篠井 そうですね。登場するのはテロリストたちです。人を殺すことでテロが一つの目的を達するんだけれど、それと殺人との矛盾というか、不条理というか……。人を殺してまで成就させるべき大義、そういうものに対する不条理さを考えさせられるように書かれています。

中村 そう！ すごくうまいと思う。カミュは冒頭に、これを歴史劇にしたくない、と書いています。そして、どの人物に対しても「敬意と称賛を持って描いた」と。私がすごくつらく思ったのは、ゆくゆくロシア革命が起きるわけじゃないですか。キリスト教を否定し、独裁国家を否定したにもかかわらず、立ち上がった国家がソビエト連邦だということを、カミュは一九四〇年、一九五〇年代に痛いほど味わっているわけですよね。あんなに大変な思いをして革命を起こしたのに、スターリンかよ、と、カミュにとっては若い社会主義者たちが夢見たことに対する鎮魂歌、という気持ちだったのではないか。カミュの苦悩、悲しみというのかな……。あの人たちがこれだけつらい思いをして立ち上がった国がソ連だということに対して、私もすごく胸が痛かった。そうしたら今、ウクライナの問題が出てきました。せっかくゴルバチョフが出てペレストロイカになったのに、プーチンがスターリンの代わりをやるのかというような、ニュースを見ていて、つらいなと思う。カミュがいま生きていたらどう思うだろうなと、すごく思っています。

登場人物がいきいきしてきた

篠井 大公妃が担っているのは、宗教じゃないですか。大義を持って、正義としようとするテロリストを、宗教が救えるのか。あるいはテロに遭って死んでいった自分の夫である大公をも救えるのか。ここに宗教を入れるというのがすごい。西洋のキリスト教観というか、西洋において宗教の持っている力が、日本人にはちょっとわからないものがあります。でもここにちゃんと入れ込んでいるというのがすごいなと思いました。罪、償い、罰といったものを宗教で解決させようとする大公妃みたいな人がいて、彼らの中には大きなものだというのも、すごいなと思いましたね。

中村 でもカミュは神を否定していて、神のもとで幸せになると大公妃が言うことに、面会したときにヤネクが抵抗しますよね。現世の幸せが実現できなければ、神の国で幸せになってもしょうがない、と。ここでキリスト教を持ってきたのはうまいと、私も思います。

それから、革命家たちの個性がみな違っていて、いいと思いました。たぶん教授とか学者さんはしないと思うけれど、私はぶつぶつしゃべりながら翻訳しているの。で、リズムが悪いと、多少直訳じゃなくても、しゃべりやすい方をとるのね。意味さえ違わなければ。それは(シェイクスピア翻訳の大家である)小田島雄志先生も翻訳を「もっと意訳していい」っておっしゃるんですよ。「役者がしゃべって、お客が喜んで、何ぼのもん。だから本来、芝居は学者が翻訳しちゃだめなんだよ」って。小田島先生のシェイクスピアは、あれだけダジャレがあって、それでおやりになった画期的な方でしょう。その方からそう言われたので、それをよすがに頑張った感じです。

篠井 人物たちが、こんなに正直だったんだ、と発見させられました。前に演じたときは、熱情だけはあるんだけど、この人たちは仲間を牽制し合っているだけで、何もちゃんと白状していない感じのイメージがあったんですね。でも今この翻訳を拝見すると、ヴォワノフが「この両腕に自分の命と他人の命、その二つともを抱えて炎の中に突き落とす瞬間を決意するくらいなら、自分だけが死ぬことの方が、ずっとたやすいと思う」って、何て正直なことを言ってたんだろうと、ほんとに名文だと思うんだけど、こういうところがいっぱい散りばめられていて、芝居として見たら面白いだろうなと。戯曲としてすばらしい。

中村　俳優座の男優さんたちに、この芝居は合っていました。まじめで、みんながものすごく理屈を考えるのが好きな人たちなので、とてもはまっていました。ただ、女優さんに色気がない、と稽古のときに感じた。恋愛もしているし、大公妃は夫をあんなに愛している。恋愛している女性が書かれているので、革命家といっても女の匂いは欲しいんですよね。ドーラが最後の最後で〝私に爆弾を投げさせて〟と言うじゃない。それは革命家としての言葉というより、むしろヤネクを愛していた女の言葉だ、と私は思っていたのね。男勝りのテロリストで演じたら、絶対違うと私は思った。それで注文はしました。

篠井　男勝りのテロリストだったら、ドーラが女である必要がなくなっちゃうからね。種明かしすると、僕が女役をやるときには、この女は一体誰に恋してるか、から入るんですよ。原動力としての愛は、女の人には僕は大きいパーセンテージだと思っている。それがあって生きてるというような瞬間が、女の人には男よりも多くあるように思う。人じゃなくてもよくて、何に恋し、憧れているかということから考えるようにするのね。そうじゃないと、男が女をやるときには難しい。

中村　演じるときの核みたいなものよね。

篠井　ドーラは恋をしているんだから、それが彼女の原動力。ただ、見え方としてお客さんは、ああ、すごいな、男のような信念だな、思想だな、と思う人もいていいし、ああ、あれはやっぱり恋する女の一つの潔さだなと思う人もいてもいい。どっちでもいいと思うんだけど、演じる側には何かそういう、女であるということのすごさというかな、それは必要なんだよね、絶対に。すてきな台詞だなというのが何カ所もあって。

役者が翻訳する意味

篠井　まりちゃんがあんなに苦労したこの翻訳、やり終えてみてどうでした?

中村　原文は案外わかりやすいフランス語なんですよね。それでいて深いんです。そして理屈っぽいんですよ。今まで私がかかわった作家で、こんなに理論武装してくる人はいません。それぞれの革命家が、全員自分の理論を持っている。それを言うときに、割と平明な言葉で言っている。だけどよく聞いていると、ものすごく理屈っぽくなっている。そこがカミュの文体のうまさで、特に難しい単語を使うのではなく、言葉が展開していくと理論が成り立っていく。

——革命家たちそれぞれが、どういうふうに一人一人違うのか、翻訳者としての中村さんからお聞きしたいです。

中村　感覚的な言い方になりますが、英介さんが以前演じられたステパンは、自分のことを絶対に「俺」って言うよな、と。「僕」とは言わない。まずそういうところから入っていくんですね。「俺」にすれば、必然的にしゃべり方が決まってくるんですよ。「そんなことあり得ない」とか、そういう突き放した言い方になる。もう一人、主役のカリャーエフは、自分のことを詩人だと言っている。この人、絶対自分のことを「僕」と言うよねって。それで、〝人生に愛がなければ革命もないんだ〟みたいなことを言い始めたときに、この人のしゃべり方が決まってくる。それからリーダーのボリス・アネンコフは、革命家になる前の自分の人生が大好きで、朝まで酒飲んで女の子とイチャイチャして楽しかったという。この人も「僕」と自分のことを言うだろうなと。そういう人がリーダーとなって、みんなをまとめるときに、ものすごくやわらかいハートを持っている人のしゃべり方に決まってくるみたいな。とても感覚的で申しわけない言い方なんですけれど、そうやって決めていきました。一番若いアレクセイ・ヴォワノフは、迷いがあってて、一旦みんなのところから逃げるんですけれど、最後には戻ってくる。とても明るくしゃべってるんだけど、心の奥に迷いがあるなと思うと、その人のしゃべり方が決まってくる。そうやって、色分けしていました。

篠井　いま聞いて謎が解けた。なるほど、役者が翻訳したなって。だから、演じる身からすると、とてもありがたい。人物の、日本語も本当にさまざまでしょう、「僕」、「俺」、「わし」、「わたくし」、「わたし」……、いろんな言い方があって、それをちゃんとセレクトする。役者として、戯曲として、脚本として、上演を目的としているものとしてとても親切な、また血肉の通った人物として造形してくれているんだなって、今のお話で思いました。テーマが、戦後七〇年余りたった僕らにはなかなかぴんとこないようなところもあるし、宗教観もそうですね。だけど、こういうことに命を燃やした人々がいたと、それを目の前に人間が演じるということで感じるものというのは、尊いことだと思います。だから今、これを読んだり、人が演じたりしている姿を劇場にまで行ってナマで見る。同じ時間を過ごしながら見るということの、芝居の意義、演劇の意義を、すごく感じる作品だと思いました。こういうことに命をかけた人たちが今目の前にいるじゃないか、戦っているじゃないか、あるいは愛し合っているじゃないか、手を携えているじゃないか、というのを目の当たりにすることも、演劇の大きな意義だと、まりちゃんの翻訳のおかげで思わせてもらいました。

——近年のテクノロジーの進歩は大変なものです。人間の、生き物の体の中にいろんなものを埋め込んだりして人を管理することも簡単にできる時代になっているようです。テクノロジーの進歩によって地球が小さくなり、狭くなっている。そういう中でも、カミュの作品はまだ生きている。逆に言えば、そういう時代だから力を持ってきている。

篠井　藤原さんがおっしゃるとおりで、僕らの生きてきたこの六十年、七十年は、びっくりするような変化ですよね。それに追いつかなきゃいけないと思って、日々いるのですけど、追いつかなくても無理はないと思うぐらいの変化ですよね。『鉄腕アトム』の漫画の中でトランシーバーみたいなもので話しているのを、子供心にいいな、格好いいなと思っていたのが、今や携帯電話でしょう。そんなの、夢のまた夢だった。その中で結局変わっていないのは、何と言ったらいいかな、ここに「思想のために死ぬ、そのことこそがその思想と同じ高みに行きつける唯一の手段だからだ」という、まりちゃんの翻訳があります。テクノロジーとかそういう物理的なものの発展はあるけど、思想、思いとか心というもの自体は、そんなに変わっていないということを表しています。

「正義」とは何か?

――『正義の人びと』というタイトルの「正義」とは何かということが、いま問われています。ロシアがウクライナを侵攻している。ロシアが悪でウクライナが正義、ということではないんじゃないか。カミュは、正義といっても、難しいんだということを、我々に提起しているのではないですか。

中村 そうです。だから、カミュはこれを書くことによって、ソ連というものを強く批判していると思うんです、こんなに頑張った人たちが、死んだ後にできた国がソビエト連邦だよと、一番言いたかったのはそこなんじゃないかなと、翻訳家としてそう思っているんです。カミュは死んでいるから、答えは出ないけれど。

篠井 そのとおりだと思いますよ。『正義の人びと』というタイトルがついているから、革命を正義と標榜し、旗を振り、頑張った人々の苦悩というふうに捉えることもできるけど、正義というのはどこにあるの、というのを問いかけている。だからある種、皮肉なタイトルでもあるんですよね。「ほんとにこの人たち正義だと思う?」と聞いている、ともとれる。

——このカミュの問題提起は現代に通じる。進歩とはいったい何なのかということを、我々に問いかけているんじゃないかと思います。

篠井 この作品で、カミュがそう捉えられる普遍性がすごいですよね。作品が七十年か経って、今僕らにそういうふうに感じさせてくれる。「正義の人びと?」と思わせてくれるところがすごいですね。これは戯曲なので、演出家、俳優がどう思ってこの作品を取り上げるかということが、名作戯曲の面白さなんですよ。ある時代の、ある人たちが、どんな思いでこの作品をやるのか。シェイクスピアもそうですし、歌舞伎もそうですよね。

中村 カミュは非常に孤立していて、ノーベル賞をとったときも、フランス人全体が沸き立ったかというと、案外みんな冷たかったと、何かに書いてありました。それで何が残ったかといったら、演劇だったそうです。カミュは何がうれしかったかというと、私が思うに、小説や哲学書、思想書だと、責任が全部一人にかぶってくるじゃないですか。演劇は、戯曲作家がそんなに偉いかというとそうでもなくて、演出家とも同等だし、俳優とも同等だし、照明家や美術家とも同等な世界なんですよね。その中に自分を置くことがすごく楽で、楽しかったんだと。自分の愛人(女優のマリア・カザレス)も現場にいたりして。わいわいと、ちょっと無責任でいられるところに、最後までカミュがすがっていたというのかな。かなり後年まで、芝居に没頭しているんですよね。だから、ああ、この人はすごく理論派だし、難しいことを言う人だけど、すごく寂しかったんだろうなと、なにかよすがが欲しかった人なんじゃないかなと、私は直感的に想像しているんです。何だ、いい人じゃん、みたいな。寂しがり屋のいい人じゃんって。女も好きだし、仲間と同等でいる現場が大好きだし、お客さんがそこで喜んで、拍手してくれたら泣いちゃうみたいな。私、多分そういう人だったんだろうって思ったんですよ。学者は、サルトルとの思想、哲学の論争と言うけれど、それで勝とうとかも思ってなかったような気がするんですよ、この人は。カミュさんという人はそういう温かい人だったのかなって、あくまで直感ですけど、思ってます。だからたった四本ですけれど、創作した芝居は際立っていいんじゃないかなって。そこに他とは違う労力が注げたのかな、と。

心に残った台詞

――篠井さんから、まり子さんの翻訳した言葉で、具体的にこういうところが非常によかったというのをお聞きしたいと思います。

篠井　美しい文章、わかりやすいということでは、たとえば「違う。名誉は貧しい人間の最後の富だ」という台詞です。へえ、って思っちゃう。とてもわかりやすい。「革命の中に名誉があることも。僕らが死を受け入れていることこそが革命における名誉だ」なども。

まりちゃん、とてもわかりやすく書いてくれたなと思うところです。もちろんカミュの名台詞ではあるんだけど、それをどう訳すかで、伝わり方が違ってくる。それは役者であるまりちゃんが、言葉の調子とか、自分が言うのならというところで、言葉に出して翻訳をしたからだと思います。台詞を口にして格好いいな、気持ちいいなという、それも本能的なものなんですけど、そういうことなんですよ。

中村 人物が本音を言っているよね。

篠井 「僕が何故爆弾を投げたいと申し出たか分かる？」という言葉もすごく本質的ですよね。この人たちは、そのためにああでもない、こうでもないと言ってるのに、「それはね、思想のために死ぬ、そのことこそがその思想と同じ高みに行きつける唯一の手段だからだ」なんて。こんな謎解きをちゃんとしてたんだ、って。ぜんぶ言ってるじゃない、って。明快なんですよ。決して難解じゃない。そういうふうに、まりちゃんがしてくれた。この言葉としての調子がいいんですよ。それが戯曲としては大事なんです。役者が言っていていい気持ちだ、というのは、お客さんの心地よさになる。意味もすっきりと通るし、こちらにも入ってくる。

中村 その言葉の調子が、私がもしすぐれてるところがあるとしたら、私が三島由紀夫で育っているからにほかならないの。私の最初に入った劇団が三島さんの劇団だったことが大きい。刷り込みなんですよね、リズムとか。『戒厳令』のほうは朗唱がたくさんあるから、もし私が三島由紀夫を体験してなかったら、翻訳できなかったと思う。それは学んで、勉強して得たものではなく、子供のように、赤ちゃんの中に入ってくるように三島戯曲が入ってきているから、そのおかげだと思います。だから英介さんの気持ちいいのはよくわかる。学者さんには書けないと思う。

篠井 そうだね、そこがポイントですよ。理詰めで言葉を考えた人にはわからない、生理的な。

中村 そう、生理的な気持ちよさ。

篠井 この本で多くの人の目に触れたときに、また証明されると思います。

中村 そうなったらいいです。うれしいです。そのぐらいの文章力が、カミュにあるということだよね。それを、思想家だから、哲学者だからという気持ちで訳してはいけないと思う。現場の好きな、劇作家なんだと思っています。

篠井 そう、そう思うことの方が、カミュにとっては正しい。カミュも喜ぶと思う。小説にしなかった、芝居にしたんだから。

中村 生きた人間にしゃべらせたかったということですね。

――思想を平易に説明するというのは、これは難しい。だからいま言われたように、詩的直感で言葉を出さないと。

中村 解説を読んでも、わからないですもんね。

篠井　そこは、カミュを研究してらっしゃる先生方にお任せして、僕たちは芝居をつくる人間として、脚本との、戯曲との向き合い方とか、よさとかというものを、今日ここでお話しできればいいなと思いました。

中村　私もそう思います。どうしても私たち演劇人は、アルベール・カミュさんを思想家や哲学者というところで見ると苦手になっちゃって、戯曲作家というとすごく近い人になるんですよ。『異邦人』も『ペスト』もすごいと思うんですけれど、ちょっと遠いという感じです。

――言葉というのはもともと耳から入ってくるものですからね。それと、仕草というか、演じるという体の表現というのもあると思うんですけど。文字で表現したときに、耳から入ってくることまでも想像して、その言葉を選んで表現するのは、大変なことですよ。中村さんが役者であることが生きているんですね。

中村　そうですね。幸い役者だったんで、ということですね。

篠井　ステパンを演じるに当たって僕が一つ工夫したのは、どちらかの肩を上げるか下げるかしてたんです。それは、ある種偏執狂的に、何かちょっといっちゃってる、突き詰めた人、ちょっと人と違う何かがある人という意味で。言葉だけではなくて、手応えがないと演じられなかったんですよ。だから、常に体が歪んでるような人にしたんです。その方が彼になりやすかった。何か、この人ちょっとおかしくない？って思うような人にしないと、僕にとってステパンは難しかった。それは芝居が、体を使うからなんですよね、言葉だけじゃなく。誰かに向き合うときも、相手役の顔をなるべく見ないでしゃべるとか。そういうことってありますよね。

中村 あります。とてもよくわかる。

篠井 それだけ、ステパンという人が、当時の僕にとっては難しかったんですよね。

中村 あの人、子供を殺したっていいって言うんだから。

篠井 そんなこと、僕自身の中にはないわけで。つかみたかったんでしょうね。芝居って、人が寄り集まってつくっていくものなので。カミュがこう上演してほしいという理想形があったとしても、必ずしもそうはならない。書いた戯曲を演出家と俳優たちにゆだねなきゃいけない。俳優たちも、それぞれの生い立ちやら思いがあって、どんな上演になるかわからない。でも、芝居を書くということに、それをゆだねてしまえるほどの楽しさがあったんだと思うんです。それは、幅があった、戯曲作家としての大きさがあったということですよね。

中村 団体作業が嫌いじゃなかったというね。

篠井 そういうこと。楽しかったんだと思う。

――初演のときも大反響だったんですか。

中村 と、思います。初演に大スターが二人出ていますので、たぶん、すごい評判だったと思います。

篠井　最初の上演で失敗したら、戯曲って残っていかないんですよ。面白くなかったということになっちゃうからね。なかなかそれを再びというのは、難しい。

中村　マリア・カザレス、セルジュ・レジァーニ、ミッシェル・ブーケというのは、トップスターなんですよ。マリア・カザレスはカミュの愛人だし。ということを、フランスじゅうが知っている。カミュの愛人が主役をやるということを。セルジュ・レジァーニ、ヤネクをやった人も大スターですし、ステパンをやったミッシェル・ブーケもそう。マリア・カザレスは、カミュの四本の芝居のうちの三本、ヒロインをやっているんですよ。それは、国じゅうが認めた二人の間のことなので。それだけでも、フランスの文化から言えば拍手喝采で迎えたんじゃないかと思うんですけどね。この女優は、映画では「天井桟敷の人々」や「オルフェ」などで主役、準主役をやっています。セルジュ・レジァーニも、あらゆる映画で主役をやってきた二枚目です。ミッシェル・ブーケもそうですね。

――この『正義の人びと』は、中村さんの訳で俳優座でやる前は、いつごろ、どこで上演されたのでしょうか。

中村　もしかしたら英介さんたちが最後かもしれませんね。

篠井　そう、上演の記録がないんです。ひょっとしたら僕らから今回までやられていなくて、二六年間、誰もやっていないかもしれません。プロフェッショナルな人たちは、やっていないかもしれませんね。

中村 新劇の世界では、カミュというと『正義の人びと』が一番有名なんですよ。私みたいなペーペーでも、二十代でその題名ぐらい知っていたぐらいですから。ということは、一番回数はやられているんだと思うんですが、記録として残っていないということだと思います。

その人物が立ち現れる

中村 英介さんは、今の年齢でも、大公妃をできると思いますか？

篠井 できると思います。逆に、ステパンには年取り過ぎているけど、大公妃ならできると思う。大公妃の台詞で、ああ、と思ったのがありました。

中村 「全ての殿方は正義について話す時、同じ声色になるのです」というのが、私は好きなの。

篠井 あれもすてきだね。大公妃の最後かな、〝あなたは自分で自分を裁いてますけど、そんなことはできないのです。神様しかできないのです〟みたいなことを言う。

中村 「あなたは自分自身で己を裁き、自分自身で己を救おうと願っています。それは許されません。それは神のみが出来る業《わざ》なのです」。

篠井 そうそう。ああ、キリスト教ってそういうことなんだと思う。僕らにはない感覚じゃないかと思う。現代社会では人が人を裁く法律というものがあるけど、キリスト教の世界で神が法なんだね。

中村 そうなのよ。ヤネクは、それとは全く真反対のことを言っている。この世がすべてなんだと。

篠井 「死ぬ？　死にたいって？　駄目です。お前は生きるのです。そして自分が殺人犯だという事実を受け入れなさい。だってあの人を殺したでしょう？　神のみがお前を許して下さるのです」。もうすごい。この、何か盲信が。でも、この人にとっては真実なんだね。

中村 そう。そういうふうにしか考えられない。

篠井 これが愛なんだよね、彼女にとっての。こういうところが面白い。へえ、と思いながら、ひええ、とも思う。逆に、こういう人だからこそ、演じたいと思う。面白みがある。

中村 そうよね。

篠井 彼らのアジトをのぞき見ているようなふうに、お客さんに思わせる。

中村 一カ所だけ牢獄のシーンをつくったのがうまい、しゃれてるの。

――カリャーエフはどうですか。

篠井 さっき言った、「僕が何故爆弾を投げたいと申し出たか分かる？　それはね、思想のために死ぬ……」とか、「この先もう二度と誰も人殺しをしなくてすむ世界を築くため」に革命をするんだと言っています。「僕らが犯罪者の汚名を着るのは、この世界がいつか無実の人々だけで覆いつくされる日のためなんだ」。アッていう感じなんですけど、革命家はこういうことを考えてるから、自分を正義だと思えるんだ、って。革命家の心理を謎解きしてくれている。わかりやすいよ。

中村 わかりやすい、よかった。うれしいわ。私がすごく好きなのは、最後にヤネクが絞首刑になった後に、ドーラに「その間のあの人の様子は?」と聞かれたステパンから「一度だけ足を振って靴についた少しの泥を払ったそうだ」と聞いたドーラの「(手で顔を覆って)少しの泥!」というのが、とても三島的というか、歌舞伎的で好きなの。なんていい台詞をカミュは書くんだろう。

篠井 これは芝居の人の台詞だよね。そのときに役者がどんな思いで、どういうふうにやるかというのを、カミュはカミュで想像してくれている。こういう何気ない、何の意味もないようなところが、芝居には大事なんですよ。それで人物が、わっと立ち現れてくる、思いがわっと出てくる。言葉で、好きとか、悲しいとか、うれしいとか言わなくても、そのときにその人物を見ていることで、その人の気持ちや人間性が出てくるというのが、醍醐味なんですよね。ドラマだね。

中村 そう。それが書けるということは、すばらしい戯曲作家ですよね。

(二〇二二年六月一日　於:藤原書店　催合庵)

解説

岩切正一郎

全体主義と自由の問題をアレゴリーの手法で舞台に乗せた『戒厳令』（初演一九四八年）が不評に終わった翌年、カミュは、今度は史実に基づいた戯曲『正義の人びと』を世に問うた。これは、彼自身が「作者の言葉」で記しているように、一九〇五年、モスクワで起こったセルゲイ大公暗殺事件に想を得た作品である。史実としての事の顛末は、サヴィンコフ著『テロリスト群像』（川崎浹訳、岩波現代文庫）で読むことができる。

サヴィンコフは、『蒼ざめた馬』（筆名はロープシン）の著者としても知られているが、『正義の人びと』のなかではアネンコフとして登場する。サヴィンコフたち社会革命党戦闘団のメンバーは、一九〇四年に、労働運動の弱体化と革命の弾圧を遂行する内務大臣プレーヴェを爆弾によって暗殺した。そのメンバーのひとりで、プレーヴェ暗殺に続くセルゲイ大公暗殺を準備する段階ではパリ（フランス）でのダイナマイト製造に参加していたのが、劇中のドーラ・ドゥルボフのモデルとなったドーラ・ブリリアントである。サヴィンコフは彼女にキエフ（キーウ）の学生下宿で初めて会った。「小柄で、黒い髪と、大きなややはり黒い瞳をしていた」と『テロリスト群像』に描写されている。彼女は、彼に、「革命に熱狂的に心身を捧げた人」という印象を与えた。

ポーランド人の母とロシアの農奴出身の父との間にワルシャワで生を享けたカリャーエフは、ウクライナのハリコフ（ハルキウ）生まれでワルシャワ育ちのサヴィンコフとは少年時代からの友人だった（戯曲ではカリャーエフがウクライナ出身という設定になっている）。「カリャーエフは革命を、自分の生命を捧げた者だけができるように、深くやさしく愛していた。だが天性の詩人だった。彼は芸術を愛した」とサヴィンコフは書いている。仲間から「詩人」と呼ばれ、『正義の人びと』でもそのまま踏襲されている。

劇中、爆弾を最初に投げるカリャーエフと共に、第二の投弾者に指名されたヴォイノフは、『テロリスト群像』のなかではクリコフスキーがその役目を担っている。クリコフスキーは二回目の暗殺決行時には爆弾を取りに来ず、劇中にあってはヴォイノフが、二度目の実行時に爆弾を投げないことになった。ヴォイノフはクリコフスキーから造形されたようだ。ただし名前は、『反抗的人間』（一九五一年）のなかで言及されている戦闘団メンバーのヴォイナロフスキーから来ているようである。(1)

このように実在の人々を直接のモデルにした人物と、ステパンのような虚構の人物を配して『正義の人びと』は創られている。エベルト座初演時のプログラムに掲載された「作者の言葉」にカミュが記した「私は、すでに真実であったものを真実らしくしようとしただけである」という言葉がその経緯をよく表している。

ここでの「真実」と「真実らしさ」は、アリストテレスが『詩学』のなかで示している古典的な演劇理論に立脚したもので、この場合、「真実」とは「事実」という意味である。そのような事実＝真実は歴史が扱う事柄であり、いっぽう、「真実らしさ」とは、個々の特殊な歴史的事実を越えてフィクションで語られている、より普遍的で一般的な性質を持つもののことをいう。つまり、演劇は、単なる事実としての真実を再現したものではなく、出来事や行動が観客にとって「真実らしく」感じられるように虚構へと高められた制作品なのだ。別の言い方をすれば、カミュが言いたいのは、歴史的な事実をもとにして現代の悲劇を創った、ということなのである。本書の「作者の言葉」にある「私はただ彼等が実在した、真実味のある者達であるようにしようと努めた」というのは、そのような意味を持つ。

＊

では一体カミュは、事実を基本的な骨格として、劇のなかに何を新しく創り出そうとしたのだろう。劇を通じて何を問題化しようとしたのだろうか。

彼は『反抗的人間』の第三部「歴史的革命」のなかに「個人的テロリズム」という章を設

け、特にそのなかの「繊細な殺人者」というセクションで、『正義の人びと』のモデルとなった人物たちについて論じている。彼によれば、テロリストたちがセルゲイ大公を暗殺した一九〇五年は、「革命的な跳躍の最も高い頂[2]」なのだった。というのも、このとき彼ら「繊細な殺人者」たちは、テロリズムが内包するパラドックスを最も先鋭に意識し、行動においてそれを生きたからだ。この内面的な葛藤と緊張が観客の前で姿を取る。

カミュはニヒリストの革命家ネチャーエフの「全ては許されている」という考えのなかに、愛や友情と決別した革命を見る[3]。いっぽう、「繊細な殺人者」たちは、神無しの「正義と愛の共同体」を再創造しようとした[4]。とはいえそれは、すでに存在している価値の再創造ではなく、まだ見ぬ新しい価値の創造であり、その実現のためには、農民や労働者を抑圧している体制の体現者を排除しなくてはならない。『正義の人びと』ではアネンコフが「この国の解放のために専制君主を処刑する」(二八頁)と宣言する。そのために殺人は必要であり、と同時に、それは許されないことでもある。その許されないことを行うには、相応の代償を払わなくてはならない。自らの命を犠牲にしなくてはならないのだ。それぞれの命へ対等の死を与えることによってのみ矛盾は解消する。

カミュは、『反抗的人間』のなかで、大公暗殺の決行前、カリャーエフが通りで聖像に十字を切ったこと、だが絞首台へ向かう前に神父が差し出した十字架は拒絶したことに我々の注意を促している。この行為をカミュは『正義の人びと』のカリャーエフにもさせている。

実在のヴォイナロフスキーが無神論者なのに対して、実在のカリャーエフは神を信じているのだとカミュはいう[5]。つまり、路上で民衆と共にある個人の心の中の信仰と、政治体制と結託した制度としての宗教、制度化された救済としての宗教、つまりはまやかしの救済とを峻別したということなのだろう。

「繊細な殺人者」であるテロリストには、標的以外の人の命は奪わない、という良心があった。「イデーのために殺しはするが、人の命より上にイデーを置きはしなかった[6]」のだ。

一見奇妙なことをカミュは記している。一九〇五年のテロリストが求めていたのは「ひとつの友愛をもう一度創ること」(refaire une fraternité) だったというのだ[7]。この愛に奉仕するために、まずは殺さなくてはならない。無垢が支配する世界を確かなものとするために、ある種の罪障を受け入れなくてはならない[8]。それがテロリストの倫理であり論理である。「繊細な殺人者」のセクションは、「カリャーエフとその兄弟たちはニヒリズムに勝利した」という文章で終わっている(本書で「同志」と訳されている単語には « frère »(兄弟)が使われている)。

*

サヴィンコフの『テロリスト群像』を物語の源泉としつつ、『反抗的人間』において重要な主題として提出されている事柄、それはテロリズムにおける正義とニヒリズムと愛の問題である。そこには死と幸福のテーマも内包されている。それにしても、なぜ、一九〇五年の

彼らなのか。カミュの見立てによれば、彼らは一九五〇年という彼の時代の問題の全てに、何らかの形で答えているからだ。(9)

カミュは一九四七年の『手帖』に、「第一系列・不条理」として、『異邦人』(一九四二年)、『シーシュポスの神話』(同年)、『カリギュラ』(初演一九四五年)、『誤解』(初演一九四四年)を挙げ、「第二系列・反抗」として、『ペスト』(一九四七年)、『反抗的人間』(出版は一九五一年)、カリャーエフ、と挙げている。この「カリャーエフ」が『正義の人びと』に相当する。

台詞の草稿が初めて出るのはその少し後、戯曲のタイトルがまだ『紐』だった頃(10)の、同じ一九四七年の『手帖』で、そこには、ヤネク(カリャーエフ)とドーラの対話が記されている。『正義の人びと』第三幕、本書の七四—八〇頁に当たる箇所である。そこでのドーラの台詞の最後は、「私たちはこの世の人間ではないのよ、ヤネク。私たちの分け前は、血と冷たい紐[=絞首刑]」となっていた。

戯曲が書き起こされたのは、この、正義という観念、組織、エゴイズムと優しさを伴った愛の問題をめぐる対話からだった。ドーラは戯曲のなかでは、観念とは別のところで、人間らしさに満ちた一面をみせる。(11)「あなたは孤独の中で、優しさとエゴイズムを持って私を愛しているの?」(七八頁)と彼女はカリャーエフに問いかける。そして学生時代を思い出す(もしあえて史実を参照すれば、それはウクライナのキーウである)。「よく笑ったわ。私はきれいだった。散歩したり夢を見たりして時を過ごしていたの。そんな軽薄で呑気な私でも、あなたは愛してくれる？」（七九頁）劇中のカリャーエフ、変わり者と呼ばれ、「人生の日々が素晴らしいものに感じられる。美しいもの、幸せなことを愛している」（三〇頁）と語る彼と彼女は、そうした喜びと幸福のイメージを共有して、つながっているように見える。[12]

テロリストの世界、愛は不可能で、大公は暗殺され、そして平和が来る世界（八〇頁）、カリャーエフがそう思っている世界のなかで、ドーラは一瞬だけ自分の心に喋らせる。私は待っている、あなたが私を、ドーラ、と呼んでくれるのを、不正で毒されたこの世界を越えて私を呼んでくれることを……不正に対抗するのはここでは正義ではなく愛の呼びかけ、同胞愛ではなくエゴイズムの愛である。けれども、カリャーエフは正義と愛を分けることができない。彼は彼女に「正義を捨てた君を愛するとしたら、それは今とは別の君を愛することになる」（七九頁）という。この台詞は『誤解』のなかでジャンが妻のマリアに言う台詞を思い出させる。彼は、あなたは夢や義務のことしか言わない、愛し方を知らない、と不平を言う妻に言うのだ、「ぼくに夢や義務がなかったら、きみはぼくのことを今よりも好きではなくなると思う」。

ドーラがカリャーエフに「肩の力を抜いて、高慢さを捨てて、腕を拡げるの。ほんのひとときでもこの世のむごい悲惨さを忘れて、なすがままに身を委ねられたら」（七七頁）という時、彼女は『カリギュラ』においてカリギュラの心を愛へ、命へ向けようとするセゾニアに近づいている。そのドーラには、カミュの人生観が色濃く投影されていて、彼女はアネンコフに向かって、正しい道は生きることへ、太陽へ続いている、と言う（一二五頁）。

こうした、観念よりは情念とつながっている愛――カミュにおいては、それは女性が持つ愛の形のようにみえる――や、人生への愛、そして、大公以外の子どもや大公妃を巻き添えにすることを拒んだ良心とは対極の地点に立っているのがステパンである。無神論者で、体に拷問を受けた跡が残り、憎しみだけを持っている男。彼は、カリャーエフが「僕は人生を愛してる。人生を愛してるからこそ革命に身を投じた」（二七頁）と言うのに対して、「俺は人生ではなく正義を愛している。正義こそ人生以上のものだ」（二七頁）という人間である。ステパンは戦闘団の同志でありながら心は一匹狼的なところがある。カリャーエフには殺人の大義が必要で、それは友愛に基づいていなければならない。彼はステパンに向かい、「君はロシア人民の名において、僕らと一緒に大公を殺る。それで初めて君の行為は正当化される」（二八頁）という。だが三年前に牢獄で拷問を受けた過去を持つステパンは「俺にはそんなものは必要ない」と応じる。彼を正当化するのは、身体へ加えられた暴力への反抗、「憎しみ」なのだ。

破壊行為においてさえ秩序と限界というものがある、と主張するドーラに対して、専制政治から解放されたロシアを夢みるステパンは、将来の何千人もの不遇な子どもを救うためなら大公の馬車に乗っていた子ども二人を殺すことは正当であり、破壊に「限界はない」と主張する。そのステパンの言葉に、カリャーエフは別の専制主義の匂いを感じとる。それが幅を利かせれば、正義の名のもと、殺人に歯止めはなくなり、「正義の人間であろうとしている」彼を「ただの暗殺者」(五六―五七頁)にしてしまう。その歯止めを、限界を設けるものは何か。「人は正義だけで生きているのではない」と信じるカリャーエフの考えでは、正義のほかに必要なのは「潔白」(l'innocence)だ。あるいは少しあとの彼の台詞に出るように、「名誉」(l'honneur)(五八頁)である。「子どもを殺すのは名誉に反する」とカリャーエフは言う。これは『ペスト』を始めとする著作で、とりわけ神の正義を俎上に乗せるときに、カミュが常に突きつける問題だ。子どもは潔白を、無垢を、死で購う必然性のない罪のなさを、代表していて、その子どもを殺せば正義も死ぬ。

『正義の人びと』のなかで私が衝撃を受けるのは、獄中のカリャーエフを訪問した大公妃にカミュが言わせる台詞だ。「私はあの子たちのことをそれほど好きではありませんでした」(一一〇頁・訳を一部改変)。子どもだからといって必ずしも無垢とは限らない。「姪は悪い心の持ち主です」と大公妃は言う。貧者に触るのが怖くて、施しを自分の手で渡せない姪は、大公妃の眼には正義ではない。もちろんこれは、そんな姪と比べた時の大公の善良さを強調してカリャーエフに改心を迫るためのレトリックに過ぎない一面はある。とはいえ、子どもと無垢を同一視する単純さに揺さぶりを掛けるカミュ自身への一撃ではある。テロリストは子どもの命を奪わずにいてやった、だがその子どもは、自分たちが解放しようとしている貧しい者たちを嫌がっているとは。

同様のことは四人のフォカについても言える。彼は、「生真面目で緊張したこの劇のなかに、黒いユーモアのエレメントを導入する」人物で、「観客はそこで唯一笑うことができる」のだが、その彼は「ある意味で民衆の戯画化された代表」[13]である。このような民衆のためにカリャーエフたちは戦っているのだ。しかも、カリャーエフの死刑執行人を務めることでその刑期は一年短縮される。自分が救おうとしている民衆は自分の死に手を貸す。フォカのような民衆にしてみれば、カリャーエフたちは上の階級の人間で、「大人しくじーっとしてりゃ、この世は何だってうまくいくのにさ。この世は旦那方のためにあるんだから」という眼で見られているのだ。カリャーエフの望みは「僕らはみんな兄弟になり、正義が僕らに澄み切った心をもたらす」（九四頁）ということなのだが、フォカはその言葉を理解しないし、そこに現実味を感じてもいない。

実際、『反抗的人間』のなかでカミュはこう述べている。「ロシアのテロリズムの歴史全体は、沈黙する民衆を前にして、一握りの知識人が挑む専制政治への闘いと要約することができる。」[14]先ほどアネンコフの「この国の解放のために専制君主を処刑する」という台詞を引用したが、この言明を可能にしている歴史的条件のなかに、テロリストと専制政治、という対立のほかに、じつは知識人と民衆との、もしかすると一方的な理念の押しつけで終わってしまうかもしれない微妙な関係が内在していることを牢獄の会話は示している。民衆の沈黙に表現を与えたとき、それがテロリストの理想と呼応するものになるのか、それとも現状の権力構造への順応の声になるのか、それは歴史が示すしかない。

＊

『正義の人びと』は一九四九年十二月に幕を開けた。結核の再発で医者に安静を命じられながらも、カミュはできるだけ稽古に参加し、俳優たちに役作りのための資料を披露したりした。舞台は好評を博した。好評の一因にはドーラを演じたマリア・カザレスの熱演があったとカミュは書いている[15]。

戯曲のなかの時間は、史実に沿えば、一九〇五年一月から五月まで。五幕から成る古典的な構成になっている。

劇的言語の観点からみると、『正義の人びと』の台詞は、日常言語というよりは、格調高い言葉で書かれていて、彼の他の戯曲もその性格を帯びているように、「「文学的」な作品であり、カミュもそのような作品であることを望んでいた[16]」。

翻訳して日本の舞台に乗せるとき、その文学性の部分の匙加減はむずかしい。観客に届く言葉、役者の頭だけでなく体に入る言葉にしなくてはならないからだ。中村まり子氏の果敢な挑戦である。

＊

カミュは一九四六年に雑誌に書いた「我ら殺人者たち」のなかで、「今日、問題はただ一つしかない、殺人という問題だ」と述べている。[17] 彼に見えている当時の状況、それは「人間的価値が侮蔑と効率性の価値に取って代わられ」、「自由への意志が支配への意志に取って代わられた」結果蔓延している「恐怖」であり、「諸国家は互いに言うことを聞こうとせず」、「聞く耳をもたない世界ではもはや対話は不可能になっている」。そしてこう言う。「明日、そこには征服者のモノローグと奴隷の沈黙があるだろう」。

二〇二〇年代のアクチュアリティーのなかで、今、日本で我々が『正義の人びと』を読み、舞台で観る意義は、この戯曲が、この「奴隷の沈黙」へ陥らないよう我々の意識を目覚めさせるところにある。カミュは言う。「我々は未来のないまま生きていて、今日の世界は我々にもはや死もしくは沈黙、戦争もしくは恐怖しか約束していない」。だが、とカミュは続ける、我々はそんなことを容認するわけにはいかない。なぜなら、「生きるに値すること、愛、知性、美、その全ては、時間と成熟を要求しているということ」を我々は知っているからだ、と。[18]

ところでカミュは、「恐怖と宿命」を生み出しているのは、「無気力と疲れ」であるという。[19] 実際、『正義の人びと』において、弱さが顔を出しそうになると、それはしばしば「疲れ」のせいにされる。疲れは、『誤解』ではとくに顕著だが、舞台上では身体性と強く結びついた演劇的な効果を産む。『正義の人びと』の登場人物たちの言葉の応酬に「疲れ」はどのような影を落としているのだろうか。さすがにテクストからだけでは分からない。演出家の意見を聞いてみたいところだ。

＊

自己犠牲のうちに人を殺すテロリストに幸福はあるのだろうか。アネンコフは、「死ぬ前に誰かの手のぬくもりを感じること」もひとつの幸福だと言う（一三一頁）。ドーラは、カリャーエフは死ぬときに幸せな様子をしていたはずだと信じようとする。犠牲になる準備を怠りなくするために、生きているあいだは幸福になることを拒んだ人が、その身に死を受け取るときに同時に幸福を受け取らなかったら、それではあまりにも不当だ、と彼女は思う（一三五頁）。それは正義を行った、任務の目的を達成したゆえの幸福感なのだろうか。自分の人生は無ではなかったという。

『カリギュラ』のなかで、厄介者のカリギュラは消えなくてはならない、と言うケレアに、その殺人の代償をなぜおまえは払わないのかとカリギュラは問い、ケレアは「どうしてかといえば、生きたいからです。幸福でありたいからです」と答える（第二幕）。だがカリギュラの知っている真理、真実とは、「人は死ぬ、しかも幸福ではない」ということ。彼は「おれは人が真実のなかで生きることを望む。そうやって生きるようにおれがさせてやる」と感情を爆発させながらエリコンへ言っていた[20]（第一幕）。

ほとんど終わりに近い箇所で、ドーラは「声が変わり、取り乱している」。カリャーエフの処刑が彼女のなかの何かを変えたのだ。ここでの演技は芝居の印象を決定づけるだろう。殺人は正当化され、カリャーエフは子ども時代の喜びの中へ戻っていった、とドーラは思う。つまり、無垢を取り戻したのだ。死と共に無垢を取り戻す。幸福とは、意味もなく笑うことができる時へ帰還することなのだろうか。ドーラの最後の言葉は、死のなかでカリャーエフとひとつになる幸福を暗示しているように聞こえる。冷たい夜に、同じ縛り首の紐で……ト書きでは、この台詞を言いながら彼女は泣いている。

我々は思う。もし、絞首台へ歩いて行くカリャーエフが幸福を感じていなかったら、もし人生は無にすぎなかったと感じてしまっていたら……劇の情念的で暗鬱な終わりは、『反抗的人間』に記される「カリャーエフとその兄弟たちはニヒリズムに勝利した」という述懐とは、あるいは『テロリスト群像』に読まれるカリャーエフの獄中からの手紙のどこか明るい感じとは、だいぶ違ったところへ、何かまだ不確かで、得体の知れない、割り切れなさの残る、悲痛な亀裂を走らせながら溶かし込んでいくような場所へ、我々を運んでいくように思われる。

（いわきり・しょういちろう／国際基督教大学教授・フランス文学）

注

（1）Madeleine Bouchez, *Les Justes : Analyse critique*, Hatier, 1974, p. 51.

（2）Camus, *L'Homme révolté*, *Œuvres complètes*, t. III, « bibliothèque de la pléiade », Gallimard, 2008, p. 209.

(3) *Ibid.*, p. 198.（「個人的テロリズム」、「三人の憑かれた者」のセクション）。あるいはそれは、クーシュキンが指摘するように、イワン・カラマーゾフ（ドストエフスキー『カラマーゾフの兄弟』）の「全ては許されている」かもしれない（Eugène Kouchkine, « Notice » pour *Les Justes*, in Camus, *Œuvres complètes*, t. III, *op. cit.*, p. 1177）。また、ブーシェの指摘する（*op. cit.*, p. 30）、カミュが『悪霊』を脚色した芝居でヴェルホーヴェンスキーに言わせる「我々は一切を破壊する」でもある。

(4) *Ibid.*, p. 203.（「繊細な殺人者」のセクション）

(5) *Ibid.*, p. 204. 史実では、カリャーエフは獄中で、大公妃が差し出す聖像を、命が助かった運命に対する彼女の感謝の印として受け取る。決して信仰心からではないと大公妃に手紙で書き送っている（サヴィンコフ、『テロリスト群像』（上）、川崎浹訳、岩波現代文庫、一八六―一八七頁）。

(6) *Ibid.*, p. 206.

(7)「自己犠牲」と「友愛」という言葉は『テロリスト群像』にも出てくる。サヴィンコフ、前掲書、一六三頁。

(8) Camus, *L'Homme révolté*, *op. cit.*, p. 207.

(9) *Ibid.*, p. 204.

(10)『正義の人びと』は、最初は『紐』（絞首刑の縄）と題されていたのだが、演劇人はこの言葉を縁起が悪いとして口にしないので、次に、『罪ある人びと』、『罪なき人びと』といったタイトルが提案された後、『正義の人びと』に落ち着いた。Eugène Kouchkine, « Notes » pour *Les Justes*, in Camus, *Œuvres complètes*, t. III, *op. cit.*, p. 1184.

(11) ついでに記すと、劇中では、彼女と、大公妃と、そしてカリャーエフ亡き後のアネンコフが泣く。『テロリスト群像』にも、体を震わせて泣くドーラのことが記されている（サヴィンコフ、前掲書、一八〇頁）。

（12）実在のカリャーエフは、暗殺決行前にサヴィンコフの妻へ宛てた手紙で、気持ちは冬の印象から春の予感へと移り、自分のなかに太陽が輝いている、と書いている（『テロリストの群像』一六六頁）。

（13）Bouchez, *op. cit.*, p. 53.

（14）Camus, *L'Homme révolté*, *op. cit.*, p. 188.

（15）ジャン・グルニエ宛の手紙。Kouchkine, « Nottice », *op. cit.*, p. 1191.

（16）Bouchez, *op. cit.*, p. 45.

（17）Camus, « Nous autres meurtriers », *Œuvres complètes*, t. II, « bibliothèque de la pléiade », Gallimard, 2006, p. 687.

（18）*Ibid.*

（19）*Ibid.*

（20）ケレアとカリギュラの人生観、さらに、未来に約束されている幸福と地上の幸福の問題については Bouchez, *op. cit.*, p. 26-28（« Le Bonheur sur la terre »（地上の幸福））が参考になる。

著者紹介

アルベール・カミュ（Albert Camus, 1913-60）

仏領アルジェリア出身。生後一年でフランス人入植者の父が第一次大戦で戦死。兄、耳が不自由な母とともに祖母の家で暮らし、生活は貧困の中にあった。高等中学在学中の 17 歳時に重い結核に罹患。1932 年、アルジェ大学文学部に進学、哲学を専攻。学位論文『キリスト教形而上学とネオプラトニズム』(1936 年)。大学卒業後、1938 年にアルジェの新聞の記者となり、また劇団活動も。1940 年、反政府活動によりアルジェリアからの退去命令を受けフランス本土に渡る。第二次大戦中から『コンバ』紙主筆としてレジスタンス運動。1942 年の小説『異邦人』、評論『シーシュポスの神話』等で打ち出した“不条理”の哲学で注目され、1947 年の小説『ペスト』はベストセラーに。劇作家としては『カリギュラ』『誤解』『戒厳令』『正義の人びと』（本作）などの戯曲を残した。1951 年、『反抗的人間』を契機にサルトルと論争。政治における暴力の問題に苦悩。1954 年アルジェリア戦争に際しても言論への賛同を得られず次第に孤立。1956 年『転落』発表後、1957 年、43 歳の若さでノーベル文学賞を受賞。1960 年、サンス～パリ間の通称ヴィルブルヴァンで自動車事故により 46 歳で死去。

〈主な作品〉

小説『異邦人』(1942)、『ペスト』(1947)、『転落』(1956)、『追放と王国』(1957)

戯曲『カリギュラ』(1944)、『誤解』(1944)、『戒厳令』(1948)、『正義の人びと』(1949、本作)

エッセイ、評論等『裏と表』(1937)、『結婚』(1939)、『シーシュポスの神話』(1942)、『反抗的人間』(1951)、『夏』(1954)　他多数。

訳者紹介

中村まり子（なかむら・まりこ）

東京都出身。文化学院大学部仏文科中退。子供時代から父（中村伸郎）の在籍した劇団文学座、NLT の舞台に子役として出演。

1969 〜 72 年、劇団 浪曼劇場（三島由紀夫 主宰）に在籍。

1972 〜 73 年、現代演劇協会　劇団 雲に在籍。

1972 年、パリ・ユシェット座にて「ベラ・レーヌ演劇教室」に参加。

1972 〜 88 年、渋谷ジァンジァン“金曜夜 10 時劇場”イヨネスコ作「授業」15 年ロングラン。

1980 年より演劇企画ユニット〈パニック・シアター〉を主宰し、現在に至る。

2007 年、湯浅芳子賞・戯曲上演部門賞。

2013 年、第 6 回小田島雄志・翻訳戯曲賞。

【主な出演作品】

〔舞台〕　「サロメ」「地球は丸い」（浪曼劇場）　他

〔映画〕　「12 人の優しい日本人」（中原俊監督）　他

また、テレビ、ラジオドラマ、ナレーション等多数出演。

正義《せいぎ》の人《ひと》びと

2023年 11月 30日　初版第 1 刷発行©

訳　者　中村まり子

発行者　藤原良雄

発行所　株式会社　藤原書店

〒 162-0041　東京都新宿区早稲田鶴巻町 523

電　話　03（5272）0301

FAX　03（5272）0450

振　替　00160 - 4 - 17013

info@fujiwara-shoten.co.jp

印刷・製本　中央精版印刷

落丁本・乱丁本はお取替えいたします

定価はカバーに表示してあります

Printed in Japan

ISBN978-4-86578-404-6

＊本作の上演希望はお問い合わせ下さい。

哲学者と演出家の対話

からだ＝魂のドラマ

（「生きる力」がめざめるために）

林竹二・竹内敏晴編

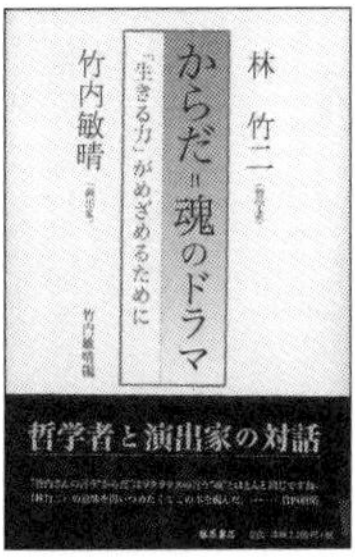

「『竹内さんの言う〝からだ〟はソクラテスの言う〝魂〟とほとんど同じですね』（林竹二）の意味を問いつめたくてこの本を編んだ。」（竹内敏晴）子供達が深い集中を示した林竹二の授業の本質に切り込む、珠玉の対話。

四六上製　二八八頁　**二二〇〇円**（二〇〇三年七月刊）

在庫僅少◇978-4-89434-348-1

「人に出会う」とはなにか

「出会う」ということ

竹内敏晴

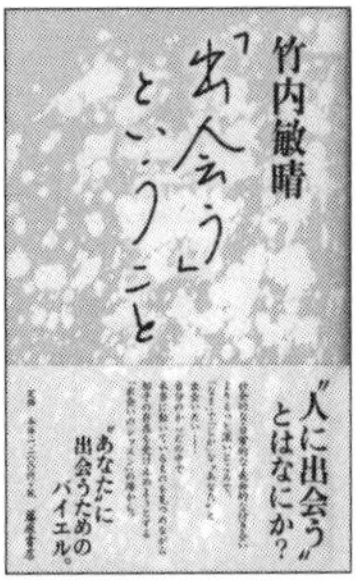

社会的な・日常的な・表面的な付き合いよりもっと深いところで、なまじかな〝あなた〟と出会いたい――自分のからだの中で本当に動いているものを見つめながら相手の存在を受けとめようとする「出会いのレッスン」の場から、〝あなた〟に出会うためのバイエル。

B6変上製　二三二頁　**二二〇〇円**（二〇〇九年一〇月刊）

在庫僅少◇978-4-89434-711-3

〝からだ〟から問い直してきた戦後日本

レッスンする人

（語り下ろし自伝）

竹内敏晴

編集協力＝今野哲男

「からだとことばのレッスン」を通じて、人と人との真の出会いのあり方を探究した、演出家・竹内敏晴（一九二五―二〇〇九）。名著『ことばが劈かれるとき』の著者が、死の直前の約三か月間に語り下ろした、その〝からだ〟の稀有な来歴。

四六上製　二九六頁　**口絵四頁**　**二五〇〇円**（二〇一〇年九月刊）

◇978-4-89434-760-1

真に「私」が「私」であるために

からだが生きる瞬間

（竹内敏晴と語りあった四日間）

竹内敏晴

加藤範子・河本洋子・瀧元誠樹・竹谷和之・奈良重幸・林郁子・船井廣則・松本芳明

稲垣正浩・三井悦子編

「からだ＝ことば」の視点から人と人との関係を問うてきた演出家・竹内敏晴が、スポーツ、武道など一流の「からだ」の専門家たちと徹底討論、「じか」とは何かという晩年のテーマを追究した未発表連続座談会の記録。

四六上製　三二〇頁　**三〇〇〇円**（二〇一八年五月刊）

◇978-4-86578-174-8

文学史上最も有名な恋愛

赤く染まるヴェネツィア
〈サンドとミュッセの愛〉

B・ショヴロン　持田明子訳

サンドと美貌の詩人ミュッセのスキャンダラスな恋。サンドは生涯で最も激しく情念を滾《たぎ》らせたミュッセとイタリアへ旅立つ。病い、錯乱、繰り返される決裂と狂おしい愛、そして別れ……。「ヴェネツィアの恋人」達の目眩く愛の真実。フランス映画「年下のひと」原案。

四六上製　二二四頁　**一八〇〇円**
（二〇〇〇年四月刊）
◇978-4-89434-175-3
«DANS VENISE LA ROUGE»
Bernadette CHOVELON

十九世紀文学研究を代表する著者の野心作

なぜ〈ジョルジュ・サンド〉と名乗ったのか？

M・リード　持田明子訳

「ジョルジュ・サンド」という男性のペンネームで創作活動を行ったオロール・デュパン／デュドゥヴァン。女性であり、作家であることの難しさを鮮やかに描き出した、フランスの話題作。フランスの十九世紀文学研究を代表する著者が、新しい読み方を呈示する。

四六上製　三三六頁　**三二〇〇円**　**口絵八頁**
（二〇一四年六月刊）
◇978-4-89434-972-8
SIGNER SAND
Martine REID

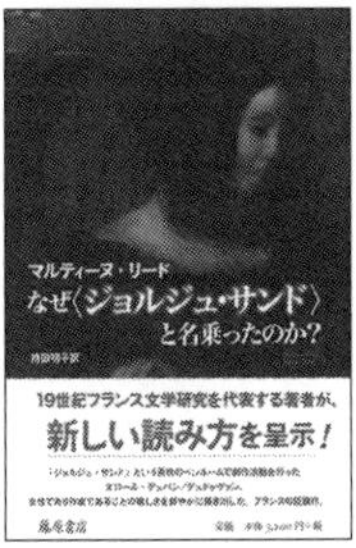

先鋭的作家が「剽窃とは何か」を徹底追究

警察調書
〈剽窃と世界文学〉

M・ダリュセック
高頭麻子訳

デビュー作『めす豚ものがたり』で、「サガン以来の大型新人」として世界に名を馳せた著者は、なぜ過去二回も、理不尽で苛酷な「剽窃」の告発を受けたのか？　古今東西の文学者の創作生命を脅かした剽窃の糾弾を追跡し、創造行為の根幹にかかわる諸事象を「剽窃」というプリズムから照射する。

四六上製　四九六頁　**四二〇〇円**
（二〇一三年七月刊）
◇978-4-89434-927-8
RAPPORT DE POLICE　Marie DARRIEUSSECQ

女には、待つという力がある。病的なまでに。

待つ女

M・ダリュセック
高頭麻子訳

野望の都ハリウッドでコンラッド『闇の奥』の映画化を計画する黒人俳優と彼を追う白人女優。二人の恋の行方は？　デビュー作『めす豚ものがたり』で世界を驚愕させた著者が放つ、最も美しく、最も輝かしく、最も胸を刺す恋愛小説。仏８大文学賞の中の最高賞「文学賞の中の文学賞」に輝いた著者の最新・最高傑作。

四六上製　二七二頁　**二四〇〇円**
（二〇一六年九月刊）
◇978-4-86578-088-8
IL FAUT BEAUCOUP AIMER LES HOMMES
Marie DARRIEUSSECQ

❺**ボヌール・デ・ダム百貨店**——デパートの誕生
Au Bonheur des Dames, 1883 吉田典子 訳＝解説

ゾラの時代に躍進を始める華やかなデパートは、婦人客を食いものにし、小商店を押しつぶす怪物的な機械装置でもあった。大量の魅力的な商品と近代商法によってパリ中の女性を誘惑、驚異的に売上げを伸ばす「ご婦人方の幸福」百貨店を描き出した大作。

656 頁　**4800 円**　◇ 978-4-89434-375-7（第 6 回配本／ 2004 年 2 月刊）

❻**獣人**——愛と殺人の鉄道物語 *La Bête Humaine, 1890* 寺田光徳 訳＝解説

「叢書」中屈指の人気を誇る、探偵小説的興趣をもった作品。第二帝政期に文明と進歩の象徴として時代の先頭を疾駆していた「鉄道」を駆使して同時代の社会とそこに生きる人々の感性を活写し、小説に新境地を切り開いた、ゾラの斬新さが理解できる。

528 頁　**3800 円**　◇ 978-4-89434-410-5（第 8 回配本／ 2004 年 11 月刊）

❼**金**《かね》 *L'Argent, 1891* 野村正人 訳＝解説

誇大妄想狂的な欲望に憑かれ、最後には自分を蕩尽せずにすまない人間とその時代を見事に描ききる、80 年代日本のバブル時代を彷彿とさせる作品。主人公の栄光と悲惨はそのまま、華やかさの裏に崩壊の影が忍び寄っていた第二帝政の運命である。

576 頁　**4200 円**　**品切**◇ 978-4-89434-361-0（第 5 回配本／ 2003 年 11 月刊）

❽**文学論集** 1865–1896 *Critique Littéraire* 佐藤正年 編訳＝解説

「実験小説論」だけを根拠にゾラの文学理論を裁断してきた紋切り型の文学史を一新、ゾラの幅広く奥深い文学観を呈示！ 「個性的な表現」「文学における金銭」「淫らな文学」「文学における道徳性について」「小説家の権利」「バルザック」「スタンダール」他。

440 頁　**3600 円**　◇ 978-4-89434-564-5（第 9 回配本／ 2007 年 3 月刊）

❾**美術論集** *Écrits sur l'Art* 三浦篤 編＝解説　三浦篤・藤原貞朗 訳

セザンヌの親友であり、マネや印象派を逸早く評価した先鋭の美術批評家でもあったゾラ。鋭敏な観察眼、挑発的な文体で当時の業界に衝撃を与えた文章を本格的に紹介する、本邦初のゾラ美術論集。「造形芸術家解説」152 名収録。

520 頁　**4600 円**　◇ 978-4-89434-750-2（第 10 回配本／ 2010 年 7 月刊）

❿**時代を読む** 1870–1900 *Chroniques et Polémiques*
小倉孝誠・菅野賢治 編訳＝解説

権力に抗しても真実を追求する“知識人”作家ゾラの、現代の諸問題を見透すような作品を精選。「私は告発する」のようなドレフュス事件関連の他、新聞、女性、教育、宗教、共和国、離婚、動物愛護などテーマは多岐にわたる。

392 頁　**3200 円**　◇ 978-4-89434-311-5（第 1 回配本／ 2002 年 11 月刊）

⓫**書簡集** 1858–1902 *Correspondance*
小倉孝誠 編＝解説　小倉孝誠・有富智世・高井奈緒・寺田寅彦 訳

19 世紀後半の作家、画家、音楽家、ジャーナリスト、政治家らと幅広く交流したゾラの手紙から時代の全体像を浮彫りにする第一級史料の本邦初訳。セザンヌ、ユゴー、フロベール、ゴンクール、ツルゲーネフ、ドレフュス他宛。

456 頁　**5600 円**　◇ 978-4-89434-852-3（第 11 回配本／ 2012 年 4 月刊）

別巻 **ゾラ・ハンドブック** 小倉孝誠 編

これ一巻でゾラのすべてが分かる。ゾラを通して 19 世紀フランスを見る。①作品紹介（あらすじと主要テーマ） ②社会、時代キーワード ③関連人物紹介、関連地名紹介 ④ゾラと日本 〈附〉年譜、参考文献 （最終配本）

文学の〝世界システム〟を活写

世界文学空間

〈文学資本と文学革命〉

P・カザノヴァ
岩切正一郎訳

世界大の文学場の生成と構造を初めて解析し、文学的反逆・革命の条件と可能性を明るみに出す。文学資本と国民的言語資本に規定されつつも自由の獲得を目指す作家たち（ジョイス、ベケット、カフカ、フォークナー……）。

Ａ５上製　五三六頁　**八八〇〇円**
（二〇〇二年一二月刊）
品切◇978-4-89434-313-9

LA RÉPUBLIQUE MONDIALE DES LETTRES
Pascale CASANOVA

作家、編集者、出版関係者必読の書

作家の誕生

A・ヴィアラ
塩川徹也監訳　辻部大介ほか訳

アカデミーの創設、作品流通、出版権・著作権の確立、職業作家の登場、作家番付の慣例化など、十七世紀フランスにおける「文学」という制度の成立を初めて全体として捉え、今日における「作家」や「文学」のあり方までをも再考させるメディア論、出版論、文学論の「古典」的名著。

Ａ５上製　四三二頁　**五五〇〇円**
（二〇〇五年七月刊）
◇978-4-89434-461-7

NAISSANCE DE L'ÉCRIVAIN
Alain VIALA

国家に対峙する前衛＝「知識人」

「知識人」の誕生

〈1880-1900〉

Ch・シャルル
白鳥義彦訳

〝知識人不在〟が言われて久しい現在の日本にこそ送る、周到な分析で迫る秀逸の書。一八九四年のドレフュス事件をきっかけに誕生した〝国家理性〟にあえて立ち向かう文化的・政治的な前衛〟＝「知識人」。その出現の真相に迫る。

Ａ５上製　三六〇頁　**四八〇〇円**
（二〇〇六年六月刊）
◇978-4-89434-517-1

NAISSANCE DES «INTELLECTUELS»
Christophe Charle

「知識人」から見る現代世界

21世紀の知識人

〈フランス、東アジア、そして世界〉

石崎晴己・立花英裕編

フランスにおける「知識人」という形象の成立と変容を辿りつつ、非西洋諸国、旧植民地国など世界各地における「知識人と社会」の関係を俯瞰する画期的論集。〈執筆者〉**サピーロ／アリミ／フィニョレ／ハティビ／崔元植／高銀／有田英也／大中一彌／三浦雅士／渡邊一民／港千尋／コリン・コバヤシ／澤田直／星埜守之ほか**

Ａ５上製　三九二頁　**五五〇〇円**
（二〇〇九年一一月刊）
◇978-4-89434-720-5